公家さま同心 飛鳥業平

決定版 2 踊る殿さま

早見　俊

コスミック・時代文庫

この作品はコスミック文庫のために書下ろされました。

目次

第一話　黒子美人屋敷

一

天保《てんぽう》九年（一八三八年）の五月三日、梅雨《つゆ》の真っただなかにあるこの日、江戸は朝から雨がそぼ降っている。

ここ、本所中之郷竹町《ほんじよなかのごうたけちよう》にある酒問屋、大和屋吉五郎《やまとやきちごろう》の寮の居間では、鬱陶《うっとう》しい天気に逆らうような、

「業平《なりひら》さま」

と、鼻にかかった甘える声がした。

声の主は歳のころなら十八歳、艶《あで》やかな小袖《こそで》に派手な帯を締め、髪を飾るのも鼈甲《べっこう》細工の櫛《くし》と笄《こうがい》。肥えてはいないがぽっちゃりとして、美人というよりはかわいい娘だ。

この家の家主、大和屋吉五郎の娘のお紺《こん》である。

お紺が話しかけた相手は、真っ白な狩衣《かりぎぬ》にあざやかな真紅の袴《はかま》を穿《は》き、頭には立《た》て烏帽子《えぼし》をかぶっている。

歳のころは、三十路《みそじ》に入ったところか。長身ではないがすらりとした身体、雪のように透きとおる白い肌、清流のように澄んだ瞳、鼻は高く紅《べに》でも差しているかのように真っ赤な唇……全体的に端整《たんせい》な面差《おもざ》しだ。

それが狩衣に身を包んでいるものだから、どこかおかしがたい威厳のようなものを漂《ただよ》わせている。

男の名は、飛鳥《あすか》業平。

都《みやこ》からやってきた公家《くげ》である。

「鬱陶《うっとう》しいなあ」

業平は縁側で、雨空を見あげている。

縁側にどっかとあぐらをかき、お紺の問いかけにも耳を貸さぬそのつれない様子は、あたかも自分が空を見ていれば雨がやむとでもいった風だ。

そんな業平の態度に、お紺は頬《ほお》を膨らませ、

「ちょいと、業平さまったら」

と、狩衣の袖を引っ張った。

その傍若無人《ぼうじゃくぶじん》とも言えるおこないは、とても貴人に対するものではない。

なにせ、この業平、従三位《じゅさんみ》という位階、権中納言《ごんちゅうなごん》という官職を持つ、れきとした公卿である。そんな貴人にお紺は、まるで芸者が馴染みの若旦那に物をねだるがごとくの態度なのだ。

ちなみに、業平と同格の身分にある者を武家で探すと、御三家水戸《みと》徳川《とくがわ》家の当主、斉昭《なりあき》に行き着く。

公家と大名——単純に比較はできないが、たとえばの話、お紺が水戸斉昭に向かって、

「ねえ、斉昭さまったら」

などと声をかけようものなら、無礼討ちに遭っても文句は言えない。親である大和屋とて、とても無事には済まないだろう。

それが、業平もお紺も、お互い違和感を抱いていないのだからおかしい。

業平はまったく怒りもせずやんわりと、

「なんです、騒々《そうぞう》しいですよ」

「だって、業平さまったら、わたしの話、全然聞いてくれないんですもの」

「話……おもしろい話なら聞きますけどね」

業平は腰をあげると、背筋をぴんと伸ばして居間に入り、腰を据えた。一連の所作は流れるように美しく、どこか雅《みやび》なものを感じさせる。

お紺は正面に座り、

「とっても不思議な話があるんですよ」

業平は扇子を広げて口を覆い、大きくあくびをひとつ漏らした。

「なんですか、あくびなんかなすって」

「ここのところ、ずっと雨でしたからね。家に居て身体が鈍《なま》ったのですよ」

「しかたありませんわ。いまは梅雨ですもの。都だって、梅雨はあるのでございましょう」

「あります。都は、もっとじめじめしておるような気がします。梅雨が明けたら明けたで、夏の過ごしにくさといったらありません。日輪《にちりん》は地を焦がし、蒸し蒸しとして、夜になっても生暖かい風が身にまとわりつき、その鬱陶しさといったら……ま、それはいいとして、不思議な話とはなんでしょう」

業平は言いながらも、必死にあくびを嚙み殺す。

「木場《きば》の向田松左衛門《むこうだまつざえもん》さまというお武家さまの隠居屋敷で、女中の募集があったのです。それが、応募の資格は、鼻の下に黒子《ほくろ》のある娘ということで……」

「ふうん」

さして興味がないのか、見ているそばから業平はふたたびあくびを漏らした。

「ちょいと真面目に聞いてくださいよ」

「聞いていますよ」

「わたしの幼馴染《おさななじみ》が応募したんですよ。その娘は、うちの近所の糊屋《のりや》の娘で、お紗江《さえ》ちゃんというんですけどね、鼻の下に黒子があったのを気にしていたんです」

本人と同様に両親も気にしていて、黒子がもとで縁付くのが遠退くのではないかと、始終心配していた。

そこへ、向田屋敷の募集を知り、お紗江の引っこみ思案な人柄が治るではないか……両親もそう期待して応募させたという。

「結局、お紗江ちゃんは向田さまの隠居屋敷に面接に行き、奥女中にあがることになったのです」

「よかったですね」

「そこまではよかったのですよ。女中奉公にあがったのは、三人だけだったんですから。今月の一日からですけどね」

「ほう」

ここでようやく、業平も多少の興味を抱いたらしい。

「その三人は、みな鼻の下に黒子があると……」

「そうです。それでおかしなのは、三人は女中として雇われながらも、これといってやる仕事がないということです」

「仕事がない」

業平は首をひねる。

「ないんです」

「なかったら、女中など雇うことないのではありませんか」

「そうなんです、だから不思議なんです」

お紺はここで言葉を区切った。

「ではいったい、なにをしているのですか」

「三人は庭の東屋、母屋《おもや》の居間、離れ座敷に分かれて、日がな座っているだけなんだそうです」

「ただ座っているだけですか。それは変ですよ」

「だから言ったじゃありませんか。不思議だって」

「そら、おかしいわ」

ここに至って本気になったらしく、業平が京言葉になった。

「お紗江ちゃんは薄気味悪がって、とうとう今日は休んでしまったのですよ」

「ふむ……それで、手当てはどれくらいもらっているのですか」

「日に二百文です」

「二百文……それは高いのか安いのか」

金銭感覚の乏《とぼ》しい業平には、当然の疑問だろう。

「高くはないですが、安くもありません。腕のいい大工で三百文ですから、若い娘が日がな一日座っているだけにしては、いい日当だと思いますが」

「たしかにそうですね。なんにもせんと、一日ぼおっとしているだけで銭がもらえるのだから、こんないい仕事はありません。休むとはもったいないですよ」

「でも、気味が悪いじゃございませんか」

「それくらい我慢できませんか。なにも、きつい仕事や嫌がる仕事をさせられているわけではないでしょう」

「そらそうですけど、やっぱり気持ち悪いですよ。お紗江ちゃんは内気なのですから、居づらくてしかたないそうです。せめて、事情でもわかれば、ずいぶんと安心するんでしょうけど」

お紺は不満そうに口を尖《とが》らせた。

「それだけの話では、なんとも判断ができませんが、たとえばこんなことは考えられますね。その屋敷の主《あるじ》、向田松左衛門には絵心があり、三人の娘を絵にしている」

「黒子のある娘ばかりをですか……」

ふと、お紺がここで庭に目をやった。雨がそぼ降るなか、蛇の目傘《じゃめがさ》を差した娘が、木戸に立っている。

「じつは、お紗江ちゃんをここに呼んだんですよ」

「手まわしがいいことですね」

苦笑いしつつも、業平とて怒りはしない。

お紺は縁側に出て、

「お紗江ちゃん、こっち、こっち」

と、手招きをした。

雨が跳ねないように慎重な足取りでやってきたお紗江は、蛇の目傘を閉じ、縁側で下駄を脱いだ。

「ちょっと待っててね」

お紺が持ってきた盥《たらい》で足を洗い、おずおずと居間に入ってきた。

なるほど、鼻の下の左に黒子がある。

ぺたりと座ったお紗江は、お紺に耳打ちされ、

「どうぞ、よろしくお願い申しあげます」

と、ぺこりと頭をさげた。

「奇妙な奉公にあがっているそうですね」

前置きもなしに切りだされた業平の言葉に、お紗江はどう答えていいかわから
ないようで、そっとお紺を見た。お紺が励ますようにうなずくと、

「ええ……お紺ちゃんが言ったとおりなのです。わたしは、一緒に雇われました
お房《ふさ》さん、お金《かね》さんと、ひたすら一日じゅう黙《だま》って座っているだけなのです。や
ることと言えば、昼のお弁当くらい。持参してきたお弁当を食べるのは、自由な
のですが……」

「その間、向田殿はなにをしているのですか」

「わかりません」

「わかりませんとは、どういうことですか」

「大殿さまは、姿をお見せにならないのです」

「一日じゅうですか」

「はい。面接をしていただいた日にお目にかかって以来、一度もお会いしていないのです」

「すると、あなたたちに対する指図は、どのようになっているのです」

「隠居屋敷を大殿さまにお世話したのが、材木問屋の相州屋《そうしゅうや》らしく、手代《てだい》の正吉《しょうきち》さんがときおり顔を出します。夕暮れになると、正吉さんが二百文の日当を支払ってくれるのです」

「では、日中、それこそ寝ててもいいのでしょう」

「いえ……あまり大きな声では言えませんが、一度、お金さんが離れ座敷で昼寝をしたらしいんです。そうしたら、正吉さんはお金さんの日当を百文に減らし、今度、眠れば辞めてもらう、とそれは厳しく申されました」

その正吉の言葉に、お紗江たちは怖気《おぞけ》を震ったという。

「それ以来、わたしたちは真面目に座っているのです」

「……真面目に座る、ですか」

その言い方がよほどおもしろかったのか、業平は、ふふふ、と肩を揺すって笑ったが、途中でお紺の厳しい目に気づき、やおら表情を引きしめると、

「屋敷にはどれくらいの人数がいるのですか」

「わたしたちのほかには、下男の留吉《とめきち》さんしか見かけません。どちらかに、大殿さまがおられると思うのですが……」

「なるほど、けったいな話や」

業平がここで京言葉を使った。興味を持った証拠である。

たしかに妙な話であった。

日がな一日、座っているだけで、日当二百文。しかも、黒子のある女ばかり。

いったい、これはなんとしたことか。

二

「失礼します」

そこで玄関から、妙に律儀そうな声がした。

「麿《まろ》の旦那、あがらしていただきますよ」

続いて、がさつな男の声。

縁側を伝わる足音がして、八丁堀同心とその手先が入ってきた。

南町奉行所同心、和藤田三次郎《わとうださんじろう》と岡っ引きの寅吉《とらきち》である。

二十八歳の三次郎は、昨年の秋に父と母を流行病《はやりやまい》で亡くし、定町廻《じょうまちまわ》りになった。

中肉中背、どことといって特徴のない面差しで、小銀杏《こいちょう》に結った髷《まげ》、黒紋付を巻き羽織にするという八丁堀《はっちょうぼり》同心特有の格好をしていなければ、雑踏《ざっとう》のなかにたやすく埋もれてしまうだろう。

反面、手下の寅吉は、太い眉《まゆ》に小さな目という均衡《きんこう》を欠いた面構《つらがま》えで、大柄なうえに毛深いときては、いかにも近づきがたい男である。

見かけどおり喧嘩《けんか》がめっぽう強く、素手の喧嘩では負けたことがないという台詞もまんざら嘘ではないように思える。

もともと旗本屋敷の渡り中間《ちゅうげん》をやっていたのが、荒っぽい中間仲間と徒党《ととう》を組み、本所界隈《かいわい》の地廻りをしていた。そこを、三次郎の父である米太郎《よねたろう》が手なずけ、十手《じって》を与えたのだ。

そんな、なにもかも対照的なふたりである。

「わとさん、こんな雨の日にご苦労なことでありますね」

わとさんとは、業平が三次郎に話すときの呼び方である。

三次郎とて気に入っているわけではないが、この呼び方にはひとつ問題があった。ときに、三次郎の耳に「わと損《そん》」と聞こえることがあるのだ。

役まわりなどで、とかく貧乏くじを引くことが多い三次郎は、奉行所の同僚たちから、「損次郎《そんじろう》」とあだ名されていた。

それがいつも頭の片隅《かたすみ》にあるからか、ふとしたときに業平の呼びかけが、「わと損」と聞こえてしまうのだ。

「わたしは、飛鳥殿の掛《かかり》でございますので」

三次郎のほうは、業平を飛鳥殿と呼ぶ。

当初、どうやって呼んでいいのか、ずいぶんと迷った。

些事《さじ》にこだわらない業平は、業平さんでかまわない、と言ったのだが、さすがにそれはできず、かといって「中納言さま」や「飛鳥卿」では、業平のお忍び暮らしの興《きょう》を殺《そ》ぐとあって、結局落ち着いたのがこの呼び方である。

「それはそうでしょうが、律儀なことです」

するとと寅吉が、

「和藤田の旦那は、律儀なのが取り柄ですからね」

と、褒めているのか馬鹿にしているのかわからない言い方をした。

三次郎はこほんと空咳《からぜき》をしてから、

「本日は、水戸さまへは、おうかがいしなくてよろしいのですか」

そもそも業平は、水戸徳川家の大事業、大日本史《だいにほんし》の編纂《へんさん》のため、江戸に招かれている。

飛鳥家は、有職故実《ゆうそくこじつ》に長《た》けた家であった。水戸家の当主・徳川斉昭が、業平の博識を頼りにして、大日本史編纂の手助けを願おうと招いたのだ。

業平自身、自分と同じ名前を持つ平安の歌人、在原業平《ありわらのなりひら》に憧れ、いつかは東国《とうごく》へ行ってみたいという望みを持っていた。

両者の思惑が、見事に合致したのである。

水戸藩邸に出向き、編纂の手伝いをするのが、業平の日課であった。

では、三次郎はというと、その警護が奉行所から任ぜられた役目である。

しかも、行き帰りの警護だけでなく、業平の身のまわりの世話や話し相手、江戸での案内も担《にな》っていた。

当初、業平は水戸藩邸に居住していたのだが、江戸の市井を気に入ったらしく、町屋に住みたいと言いだした。

当然ながら、水戸家は猛反対。

だが、業平は聞き入れず、市井に暮らせないのなら京都に帰るとまで申したて、なかば強引にこの寮に移り住んだのだ。

とはいっても、なにせ業平は、従三位権中納言という高貴な身分。折れた水戸家とて、業平ひとりの自由気ままな町家暮らしなど認めるわけにもいかず、ある種の折衷案《せっちゅうあん》として、南町奉行所に業平警護の掛を要請したのである。

その掛の同心に三次郎を推したのは、ほかならぬ業平自身だった。

ある日、ひょんなことから業平は、三次郎が担当した探索にかかわり、見事、事件を解決。

それからというもの、三次郎と寅吉をおおいに気に入ったという経緯《いきさつ》があった。

「今日は、水戸家の仕事は休みです」

本当か嘘か、業平がしれっとした表情で言うと、

「それで、お紺ちゃんが来ているんだね」

すかさず寅吉が突っこんだ。

顔を赤らめたお紺が、あわてて否定する。

「なにも、邪魔するだけってわけじゃないのよ。今日は、ちゃんと相談があって

来たんです」

そう言って、お紺はお紗江を三次郎たちに紹介し、向田松左衛門の隠居屋敷での奇妙な体験を語った。

「たしかに妙ですよね」

「そうだな」

話を聞き終えた三次郎と寅吉が、うなずきあう。

「和藤田の旦那、なんとかしてくださいよ」

業平が頼りにならないと思ったか、お紺が三次郎に向いた。

「そう言われてもな。別段、向田さまが悪いことをしているわけではないだろう。たとえば、お紗江や女たちを閉じこめて家に帰さないとか、手をあげるとか……それであれば、また話も違ってくるが」

「それに、相手はお武家さま。向田松左衛門さまといやあ、火盗改《かとうあらため》の頭取をお勤めになったってくれえのお方だ。おいそれと口出しできるもんじゃねえや」

寅吉が芝居がかった物言いをし、腕まくりをした。毛むくじゃらのたくましい腕が現れる。

「……旦那や親分の言うことはよくわかります」

意外にもお紺はあっさりと引っこみ、業平に流し目を送ると、

「ですから、業平さまを頼ることにしたのですよ」

三次郎が困った顔をした。業平が動けば、当然、掛である三次郎も動かざるをえない。お紺はそれを目ざとく突いてくるのだ。

「お紗江ちゃんは困っているんです。町方の旦那が頼りにならないのなら、業平さまにお願いするしかありませんよ。ねえ、業平さま」

「まあ、退屈凌《しの》ぎにはなりそうですね」

聞きようによっては、お紗江の気持ちを逆撫でにするようなことを、業平はさらりと言ってのける。

ここらあたりが、業平の業平たるゆえんだ。

普通の人間がこんな台詞を口に出せば、反感を買うだけだろう。だが業平が言うと、さすがに好感こそ抱かないが、不思議と怒る気にならない。

中納言という高貴な身分にあるからというわけではなく、おそらく飛鳥業平という男が醸《かも》しだす、常人にはないほんわかとした温もりを感じ取るためだ。

とはいえ、業平の行動の責任は、三次郎が負うことになる。

「飛鳥殿……あまりおかしなことにかかわるのは……」

釘を刺す三次郎だが、当然、その心配などかけらも気にすることなく、それどころか、

「わとさんは、お紗江の一件、おもしろそうだとは思わないのですか」

と、興味を抱かない三次郎を責めるような口ぶりである。

「たしかに変であるとは思います、が……」

すかさず、

「では、一緒に調べてみようではありませんか」

「よかったね」

お紺がお紗江の手を取った。お紗江は業平に向かって頭をさげる。

「業平さまにおまかせすれば、もう大丈夫よ」

乙《おつ》にすました顔でうなずく業平。

眉をひそめた三次郎をよそに、寅吉が愉快そうに声をあげた。

「こら、おもしろいかもしれませんよ」

「おいおい、相手は隠居とはいえ、直参《じきさん》旗本だぞ。おまえだってそう言ったじゃないか」

三次郎が、寅吉のあっという間の変節に呆れた声を出す。

「相手が旗本だろうとお大名だろうと、かまやしませんよ。こちらにおられるは飛鳥中納言さまですからね、ねえ、麿の旦那」

寅吉が調子のいい答えを返した。

京の公家ということで、寅吉は業平のことを「麿の旦那」と呼ぶ。

はたして、水戸家あたりが聞いたらなんと思うか……想像すると不安になりそうで、三次郎はあまり深く考えないようにしている。

「そうよ。業平さまがいるんですから」

そこで、お紺も言い添える。そもそも、お紺と寅吉のふたりは、常日頃からなにかと業平の権威を頼りつつ、三次郎をないがしろにするのだ。

むっとする三次郎をなだめるように、業平が明るい声をあげた。

「わとさん、行きましょう」

「先方のご都合もあるでしょうし……いきなり訪ねるというのは、どうなのでしょう」

「雨があがりましたね。行くならいまがいいですよ」

三次郎の言葉を聞き流し、業平は縁側に出た。たしかに雨はやんでおり、雲間から薄日が差している。

「磨の旦那がお出ましになるとあって、お天道さまも気を遣ってくだすってますぜ」

寅吉の調子のよさといったらない。

業平も鷹揚《おうよう》にうなずいたが、急に、

「きゃあ！」

耳をつんざくほどの悲鳴をあげた。いったい何事が起きたのだとばかりに、お紗江も目を白黒させている。

寅吉はにやにや笑いながら、

「まったく、怖がりなんですから」

と、業平の足元に這《は》うなめくじをつまみあげ、縁の下におろした。

そう、なにを隠そう業平は無類の虫嫌い。

それも、虫ばかりにかぎらず、なめくじ、蛙《かえる》なども極端に嫌った。

たとえ相手が旗本だろうが大名だろうが、いっこうに臆《おく》することのない業平にとって、まさに弁慶《べんけい》の泣きどころである。

「業平さまは虫には弱いけど、悪党にはめっぽう強いんだから」

心配するなとばかりに、お紺がお紗江に語りかけた。

業平は肩で息をし、顔を蒼ざめさせていたが、ようやく落ち着きを取り戻すと、ばつの悪さを誤魔化すように不機嫌な顔になり、

「お紺、留守中にしっかり掃除をなさい」

その物言いは、これまでのおっとりとしたいかにもお公家さま然としたものではなく、まるで嫁をいびる姑《しゅうとめ》のようだ。

「はいはい」

それでもお紺はなんら悪びれることもなく、くすりと笑った。

「重ね返事はいけません」

そう注意を残し、業平は縁側を足早に玄関に向かった。

「こうなったら行くよりしかたねえですよ」

寅吉に言われ、三次郎もやれやれと腰をあげる。

「お紗江ちゃん、まかせな」

寅吉はいかにも楽しそうだ。

業平と知りあって以来、三次郎は調子が狂わされどおしだった。

この風変わりな男に、振りまわされていると言ってもいい。

いったん行動を起こすと、もう誰も業平を止めることはできない。

それは、従三位権中納言という身分だけのせいではないだろう。

業平の個性……何事にも左右されない強い意思、そしてなにより既成の物事にとらわれない奔放《ほんぽう》な考え方が、周囲の人間を動かしてしまうのだ。

町方の同心として、さまざまな事件、人間に遭遇してきた三次郎でさえ、まさに目から鱗《うろこ》が落ちる新鮮な思いを味わってきた。

だからこそ、この変なお公家さまと知りあえてよかったと、心の底では思うのだ。飛鳥業平の掛となり、冷や冷やしたり危《あや》ういものを感じたりもするが、同じく楽しい気分にも浸《ひた》れる。

八丁堀同心として暮らしてきた三次郎には、得がたい経験であった。

三

業平は三次郎と寅吉を伴《ともな》い、梅雨晴れの薄ぼんやりとした空の下、木場に入った。

木場は材木の町である。火事の多い江戸にあって、復興に必要な材木が集まっていた。四方には土手が築かれ、縦横に六条の堀割が開き、その十箇所に橋が架けられている。このため、木場一帯は水郷のような趣《おもむき》があった。

堀割に囲まれた造成地には、材木問屋の店や屋敷が構えられている。水郷のごとき風景を庭に取りこんだ贅沢《ぜいたく》な屋敷があるのも、木場ならではと言えよう。

木材の香りが、湿った空気に漂《ただよ》っている。

その堀割の一角に、向田松左衛門の隠居屋敷があった。

ここも、橋と池に囲まれた木場の風情を取りこんだ造りになっている。築地塀《ついじべい》ではなく生垣が周囲を囲み、敷地は千坪ほどだ。建屋は総檜造《そうひのきづく》りの豪華なもので、渡り廊下で離れ家とつながり、土蔵と木戸門近くに小屋がある。

大きな池には築山《つきやま》が設《もう》けられ、小高い丘に東屋があった。

東屋、離れ、母屋に三箇所に娘を置いたとして、この小屋からであれば、三人の姿は見えそうだ。

まずそのことを確かめた業平は、断りもなく木戸門をくぐった。あわてる三次郎をよそに、業平はおかまいなく屋敷の中へと入っていく。

すると、ひとりの歳若い男が、訝《いぶか》しそうな顔でやってきた。お紗江に聞いた話からすると、材木問屋相州屋の手代、正吉だろうか。

「あの、どちらの神主さまでいらっしゃいますか」

真っ白な狩衣に真紅の袴、それに立て烏帽子という格好から、男は業平を神主と思ったようだ。それも無理からぬことで、突然、木場に京都のお公家さまが姿を見せるなど、考えもしないに違いない。

三次郎は業平を守るように前に出た。

小銀杏に結った髷、萌黄色地に縞柄《しまがら》の単衣《ひとえ》を着流し、黒紋付を巻き羽織にした三次郎は、いかにも町奉行所の同心である。

説明を求めるように、男が上目遣《うわめづか》いになった。

「わたしは南町奉行所同心、和藤田三次郎。こちらは神主ではなく、京の都からまいられた飛鳥中納言さまでいらっしゃる」

男は、相州屋の手代、正吉と名乗ったものの、

「はあ、中納言さま……」

業平の身分を聞いたところで、口をもごもごとさせるばかりだ。

「中納言さまってのはよ、水戸さまと同じくれえ偉えんだぞ」

寅吉も言い添えたが、正吉にすれば、あまりぴんときてないのかもしれない。

わかったところで、そんな貴人がなぜこの屋敷を訪ねてきたか、戸惑《とまど》うだけだろう。

「こちらは、御直参、向田松左衛門さまのご隠居所であるな」

三次郎が確認すると、これには正吉は、はっきりと首を縦に振り、

「そうですが……それがなにか」

と問い返されたが、三次郎もどう答えていいものか言い淀《よど》んでしまう。まさか、黒子のある女中について調べにきたとも言えない。

すると業平が、

「あまりにすばらしいお屋敷なので、茶でも所望《しょもう》したいと思ったのです。向田殿に取り次いでくれませんか」

まだ、きょとんとしている正吉に、三次郎が助け船を出す。

「中納言さまはお忍びで江戸にまいられ、民情を視察なすっておられる。本日は木場をお訪ねになった。その途次《とじ》、こちらのお屋敷をご覧になられ、風情ある庭にいたくご興味を持たれた次第。向田の大殿さまにお茶をご所望できぬかな」

「なるほど、木場をご覧になられましたか。わかりました、こちらへどうぞ」

正吉は、「大殿さまに取り次ぎます」と母屋に向かった。

寅吉が、

「では、茶を所望しようか」

側で控えた。

などと、業平の口調を真似ながら、業平と三次郎に続いた。

母屋に入ると居間に通され、業平のみが床の間の前に座り、三次郎と寅吉は縁側で控えた。

ほどなくして、初老の武士が現れた。向田松左衛門であろう。案の定、

「当家の主、向田松左衛門でございます」

向田は地味な黒地の小袖を着流し、袖なし羽織を重ねるといった、いかにもご隠居といった風である。

「中納言さま、わざわざお渡りくださるとは、当家の誉《ほま》れでございます」

その間に、正吉が茶を運んできた。

「木場というのは、たいしたものですな」

業平は風景の見事さ、置かれた材木の多さを述べたてた。

「さようにございます。江戸は火事が多うございますので、大火があったときの備えに材木は欠かせません。木場には、江戸中の家屋を賄《まかな》うだけの材木が備蓄されております」

「それは、たいそうな材木ですね」

「都も火事は多うございますか」

「そうですね。わたしの家も……」

「中納言さまのお屋敷も焼けたことがございますか」

「応仁《おうにん》の乱《らん》のおりには焼けましたな」

扇子を広げ口の前に持ってくると、業平は笑い声をあげた。

「応仁の乱とは……ざっと、四百年も前のことでございますか」

生真面目に問い返す向田を置いて、寅吉が興味津々で口をはさんだ。

「そらすげえや。四百年前てえと、江戸はどうなってたんですかね。あっしの長屋なんかなかっただろうな」

「おまえの長屋どころか、江戸という町もなかったよ」

三次郎がたしなめるように答える。

寅吉が膝《ひざ》を打って感心したところで、

「待て待て、冗談や。そもそも、戦国の世になって何遍も燃えているやろうし、徳川さんの世になってからも火事に遭っているがな」

京言葉に戻った業平が、おかしそうに肩を揺すって笑った。

「なんだ、信じちまいましたよ」

「これは、お戯《たわむ》れを」

向田も調子を合わせて微笑《ほほえ》んだ。

業平はひとしきり笑い終えると、

「ところで、さきほどから気になっていたのですが」

と、庭に視線を向ける。

「いかがされましたか」

「あそこです」

業平が指した東屋と離れ座敷に、それぞれ娘が座っていた。お紗江から聞いた、お房、お金に違いない。

「ああして座っておりますが、いったいなにをしておるのですか」

なにげない風で、業平は娘たちを見まわす。

「ああ、あれでございますか」

「じつは、今朝もこのあたりを通ったのだが、あの娘たちは同じところで、ああしてぼおっとしていました。いまもそれを続けているとは、いったいどうしたことなのでしょう。これは不思議なものだ、と思っていたのです」

「中納言さまに、とんだものをお見せしてしまって……いささか、よけいなご心配をおかけしてしまったようですな」

「心配というよりは興味です」

業平はきっぱりと言う。

「たいした理由があるわけではないのですが……わたし、いささか絵心がございまして」

向田が、はにかんだように目を伏せる。それは、業平があてずっぽうでお紺に言った推理でもあった。

「ほう。では向田殿は、あの娘たちの絵を描いておられるのですか」

「さようでございます」

「では、ぜひその絵を見せてください」

「いや、それは……」

そこで、向田は小さくかぶりを振った。

「よいではございませんか」

「いえいえ、とても中納言さまにお見せできるようなものではございません。ご容赦ください」

平謝りではあるが、向田は声を大きくして言った。

「そう言われると、ますます見たい」

一方の業平は、拗《す》ねたような物言いになっている。

好機と見た三次郎が、

「向田さま、飛鳥中納言さまは一度、言いだしたら、あとへは引かぬお方でございまして……」

それでも、「いや、それぱかりは」と向田は渋るばかり。

ふと、業平は意地悪そうな目つきとなり、

「本当は描いていないのではないですか」

その言葉に、向田は大きく目を見開いた。

「そんなことはございません。そこまで申されるのなら、お見せしましょう。ただし、お笑いにならないでください」

「笑うものですか」

「では、持ってまいりますので、少々お待ちください」

わずかに顔をしかめた向田は、業平に対する腹立ちを隠すように、足早に縁側を歩き去った。

向田の姿が見えなくなったところで、

「本当ですかね」

寅吉が三次郎に聞く。

「方便《ほうべん》だというのか」

「すぐにはっきりとしますよ」

業平は落ち着いたものだ。

すぐに戻るものと思ったが、向田はいっこうに戻ってこない。寅吉が焦《じ》れたように、

「麿《まろ》の旦那、こらあきっと、向田の大殿さまも、いまになって大あわてで絵を描いていらっしゃるんですよ」

三次郎も、その言葉に賛同する。

「そうかもしれないですね。誤魔化されてはいけません」

「わとさん、心配せずとも誤魔化されはしませんよ。間に合わせの絵であるかどうかは、ひと目見ればわかるものです」

そんなもんですかねぇ、とつぶやいた寅吉が、待ちかねたように縁側に出たところで、ようやく向田が戻ってきた。

両手には、抱えきれないほどの絵を持っている。

「これでござるよ」

向田が畳に絵を置いた。ひと目では数えきれないほどである。

「これはまた……描きも描いたりでございますね」

寅吉が感嘆の声をあげたように、おびただしい数の絵があった。

業平はそれらを手に取り、

「ほう、なかなかの出来ですね」

その絵は、東屋を背景とした絵であった。ちゃんと、お房も描かれている。

絵のなかのお房は横を向き、右の眉の下には、大きな黒子も描かれていた。

それは、見事な墨絵であった。ここからでも、お房の特徴が見事にとらえられているのがわかった。

「これは、東屋の娘ですね」

「そうです」

「これは、離れ座敷の娘」

「はい、お金と申します」

「もうひとり、おるようですね」

業平が取りあげたのは、お紗江の絵だった。

「ああ、それはお紗江と申しまして、今日は休んでおるのです」

「この絵の様子ですと、お紗江はこの座敷の中におるのですか」

「そうです」

「すると、これらの絵はどこから描いたのでしょうな。東屋も離れも、ここから見たようではありませんが」

「あちらです」

向田が小屋を指し示した。

「ほう、あそこから」

業平は嬉しそうに、視線を小屋に転じた。

四

それにしても大量の絵である。

お紗江たちが女中奉公にあがったのは、二日前のことだ。

娘ごとに四枚は描かれているので、昼までに二枚、昼から二枚を仕上げたといったところか。なかには、娘たちが昼の弁当を食している絵もあった。

向田は、あの小屋の中に籠もり、日がな一日、お紗江たちを描き続けたということか。それで、お紗江たちの前には姿を現さなかった……。

——向田松左衛門という男、よほど絵が好きなのか。

なかば呆《あき》れる思いの三次郎をよそに、業平は絵をしきりと誉めた。

「向田殿、なかなかどうして絵心がありますな。いや、あるどころではない。じつに見事な腕前です」

「中納言さまにお誉めいただけるとは、光栄の至りでございます」

向田は軽く頭をさげた。

「それにしましても、娘を三人……しかも黒子のある娘ばかりを描くというのは、なにか特別な理由があるのですか」

「わたしは、絵を描きはじめて、それほど時を経ておりません。同じような娘を繰り返し描き、絵の修練をしているところでございます」

「黒子のある娘ばかりというのは、どういうわけです」

「それは……」

そこで向田が口をつぐんだ。

「お聞かせ願えませんか」

「武士の情け……それはご勘弁ください」

目を伏せた向田に、

「わたしは武士ではありませんよ。ぜひともお聞かせください」

業平はおかまいなしに突っこんで尋ねた。

ここらあたりは、大きく感覚が違う、と三次郎は感心する。いくら相手が言いづらそうにしてようが、心に引っかかれば、業平は少しも躊躇《ためら》うことなく切りこんでいく。

相手が中納言とあっては、向田も無視するわけにはいかないようで、

「これは、はなはだ恥ずかしいことなのですが」

「なにを聞いたところで、わたしは気にしません」

いたって業平は涼しげな顔である。

「……では、恥を承知で申します。わたしは、黒子のある女に未練があったのです。若かりしころに見初《みそ》めた女……屋敷に奉公していた出入り商人の娘でしたが、その女中にわたしは想いを寄せました。ですが、直参旗本の世継ぎという立場では、一緒になることなど許されるはずもなく、未練ばかりが残ったのです」

向田は遠くを見るような目をした。想いを寄せた女中の姿を、脳裏《のうり》に思い描いているのだろうか。

「その娘の鼻の下に、黒子があったのですね」

向田は首を縦に振ると、

「昨年の暮れ、倅《せがれ》に家督を譲りこちらに隠居して以来、日に日に絵心が湧き起こりました。さて、ではなにを描こうか、と思っておりましたところ、おふで……おふでというのが、わたしが見初めた女中なのですが、そのおふでの面影ばかりが瞼《まぶた》にちらつくようになりまして……とうとう、おふでを絵にしてみようと思いたち、黒子のある女を女中として雇い入れたのです」

「そういうことですか」

業平の声は乾いている。なにか考え事をしているように見受けられた。

「まことにお恥ずかしい話で。武士の風上にもおけぬところですが」

ははは、と向田が照れ笑いをする。

「あの小屋に行ってみたいのですが」

向田の含羞《がんしゅう》に対してはなんの感想も漏らさず、業平は立ちあがった。

「小屋でございますか……」

「そうです、行きましょう」

こうと決めたらきかない業平である。そのことは向田も承知したようで、

「では、ご案内申しあげます」

と、先に立った。

三次郎と寅吉は、業平たちから少し距離を取って歩いていった。

「しかし、大殿さまの若かりしころの恋路とは意外なこってしたね」

「思いもしなかったよ」

三次郎とて、寅吉の感想に同感だった。

「向田さまといやあ、火盗改の頭取として、数多《あまた》の盗人や火付けを捕縛なすったお方ですよ。あっしも、狙《ねら》いをつけていた盗人を向田さま配下の火盗改にさらわれたことがありやしてね。そんなお方が、想いを寄せた女を思いだし、しかも絵にしていなさるとは……世の中、捨てたもんじゃござんせんね」

世の中捨てたものではない、という寅吉の言い分には違和感を抱いたが、いちいち問いただすのも面倒なので、口には出さずにいた。

「これで得心がいきましたぜ。お紗江ちゃんも安心するでしょうよ」

寅吉の声はほがらかだ。いつもながら、単純明快なものである。

「そうだな」

そう言いながらも、三次郎の歯切れは悪い。

なるほど、向田の言っていることはわかる。だが、なにかが心に引っかかる。

それがなにかはわからないが……。

「ご直参の大殿さまともなりますと、悠々自適《ゆうゆうじてき》の毎日ですねえ。見初めた女の面影を追って、しかも、黒子の女を思いだすために、同じ黒子のある女を女中として雇うなんざ、あっしら庶民にはとうてい考えられないことだ。まったく、羨《うらや》ましいったらねえな」

寅吉は向田の話にすっかり夢中である。

「おい、うるさいぞ」

三次郎にたしなめられ、寅吉はぺろりと舌を出した。

そう言っている間に、業平は向田の案内で小屋の中に入っていった。

小屋は十畳ほどの板敷きが広がり、そこに絵の道具やら紙やらを置いた文机《ふづくえ》が置かれている。

「ここから女たちの顔を見て描いたのですか」

業平は格子窓から東屋を見た。追いついた三次郎も、横に立って見る。

お房の顔を見ることはできるが、そうはっきりとはわからない。離れ座敷にいるお金も同様だ。顔の輪郭はわかるものの、目鼻立ち、そしてなにより想いを寄せたであろう、おふでを思いださせる黒子までは見えない。

業平も同じように思ったのか、視線を凝《こ》らしながら食い入るように見ていた。

すると、向田が、

「これをお使いください」

と、文机の上に置いてある文箱から、遠眼鏡《とおめがね》を取りだした。

遠眼鏡は、格子窓から差しこむ薄日に鈍い輝きを放っている。向田から遠眼鏡を渡された業平は、それを目に持っていき、

「これは、よう見えますね」

と、感嘆の声をあげた。

「よく、見えますか」

寅吉が好奇の目を向ける。

「ほんま、よう見える」

そう言いながら、業平はひょいと遠眼鏡を寅吉に向けた。

「はははは」

突然、業平が肩を揺すって笑いはじめた。きょとんとする寅吉に向かって、

「寅の顔、おもろいな」

と、遠眼鏡を目から外した。

「そうですかね」

口をあんぐりとさせた寅吉が、不機嫌な声を漏らす。

ひとしきり笑い終えたあと、業平は遠眼鏡を向田に返して、

「なるほど、これならよく見えますすね」

「畏《おそ》れ入ります」

向田は丁寧に両手で受け取った。

「ほんなら、ちょっと行ってみましょうか」

「どちらへ……」

業平の思いつきに、向田が妙な顔をした。

「東屋と離れ座敷に行きます」

「行ってどうなさるのですか」

「お房とお金と話をするのです」

さも当然といった様子で、業平が言う。

「中納言さまともあろうお方が、町の者と言葉を交わすなど……」

向田が抵抗を示したが、

「そんなこと、気にする必要はないですよ」

すかさず三次郎が口をはさみ、

「……中納言さまはお忍びですから」

言い終えたときには、すでに業平は小屋を出て歩きだしていた。

あわてて向田もあとを追い、三次郎と寅吉も当然のごとく従った。

庭を横切って池のまわりを歩き、小高い丘に設けられている東屋に入った。

突然、現れた業平に、お房は驚きながら立ちあがる。

「そのまま、そのまま」

そう声をかけてから、業平はふと気がついたように、

「そうだ。いまは絵にされていないのだから、どんな姿勢を取ろうがかまわないのですね」

と、独り言のように言い添えた。

どうしようかと迷うような目で、お房が向田を見る。向田が、そのままにしておれ、と小さくつぶやいた。

「あなたはここで日がな一日、なにをしているのですか」

業平の問いかけは、いかにも唐突である。お房は戸惑いながらも、

「こうして座っているだけなのです」

蚊《か》の鳴くような声で答えた。

「退屈ではありませんか」

「ええ、まあ……いえ、そんなことはございません」

向田の手前、お房も遠慮しているのだろう。

「あなたの家は木場の材木問屋ですね」

「はい、相州屋甚五郎《じんごろう》が父親でございます。父は、大殿さまには大変にお世話になりました」

そこで向田が、

「そもそも、この隠居所は相州屋の世話なのです」

「そうですか」

それ以上は問いただすこともなく、業平は東屋を出ようとした。

が、ふとお房に、

「その腕、虫に刺されたのですか」

見ると、お房は左手で右の二の腕を掻《か》いていた。その部分が赤く腫《は》れている。

「そうなのです。毛虫があの松の枝から落ちてきて」

途端に、業平は薄気味悪そうな顔となり、東屋に隣接して植えられている松を恐る恐る見あげた。

次いで、くわばら、くわばら、と呪文を唱えてから、向田の耳元で、

「本人たちには、絵に描いていることを知らせてないのですね」

「はい」

「どうしてなのですか」

「なんと申しますか……本人にそのことを伝えますと、身構えてしまうと申しましょうか、自然な表情ではなくなりますので」

「向田殿の絵心に反するのですな」

業平はにんまりとした。

五

「絵心などと言われますと、いささか恥ずかしゅうございますが……できるだけ、若かりしころの思い出に浸《ひた》りたいのかもしれません」

向田は夢見るような顔になった。あたかも、目の前にかつての愛しい女がいる

ようだ。

「では、離れへまいります」

いたって落ち着いた物言いをしながら、業平は足早に立ち去った。向田も三次郎もあとに続くが、当の業平はときおり立ち止まりながら、

「ええ庭や」

などと庭を見まわしたりする。

大きな池には、鯉《こい》が気持ちよさそうに泳いでいた。水は透きとおり、黒々とした底までも見通すことができる。薄日差す池の水面には、鈍い煌《きらめ》きと鯉によって作られた小さな波紋が広がっていた。

風情ある庭を心から堪能《たんのう》すると、満足したのか、業平は離れ座敷に向かった。

まずは、向田が離れ座敷に近づき、

「お金」

と、声をかける。

声をかけられたお金は、横顔をあわてて向田のほうに向けた。やはり、お金の鼻の下にも黒子があった。

「はい、大殿さま」

業平を見て、お金はやはり怪訝《けげん》な表情を浮かべたが、じろじろ見ることは非礼と思ったのだろう。すぐに、向田に視線を戻した。向田がお金に、濡れ縁まで出てくるよう言いつける。

お金は丸顔に団子鼻の娘で、決して美人ではない。色も浅黒く、目もとろんとして、どこを見ているのか、なにを考えているのかわからない。思い返せば、お房はなかなかの美人。お紗江も十人並みだ。

それに比べて、お金はあきらかに器量が劣《おと》っていた。

「こちらは、さる高貴なお方だ。わが屋敷に、ご興味をお持ちになられたのでな。これから、おまえにいろいろと問いかけられるから、ちゃんとお答えせよ」

そう言われたものの、いまいち要領を得ないのか、お金は怪訝な顔を返すばかりだ。

業平はここでも、

「お金、一日なにをしておるのです」

「はあ、それが……その、なんと言いますか」

容貌《ようぼう》と同様、話しぶりもはっきりとしない。

「なにをしているのです」

業平は優しく問いを重ねる。

「それが……一日じゅう、ぼおっとしております」

「なにもしていないのですか」

「座っているだけです。大殿さまのご命令なのですよ」

お金はなぜか照れたような表情である。

「退屈ではないのか」

「いいえ」

力強く、お金は首を横に振った。

「では、なにか楽しみがあるのですか」

「いいえ、なにもありません」

「それなのに退屈ではないと」

「なにもしないで、こうやって座っているだけですから、とても楽しいです」

どうやら、心底からそう思っているようで、お金は嬉しそうな顔をした。業平は珍しいものを見るかのような表情で、

「この仕事には満足しているのだな」

「ええ、とっても」

お金は大きくうなずく。

ものは考えようである。お金が言うように日がな一日、座っているだけで二百文がもらえるのだから、こんなに楽なことはないのかもしれない。

「楽しいところを邪魔して悪かったな」

そう言って、業平は空を見あげた。薄曇りのなか、夏燕《なつつばめ》が母屋の檜皮葺《ひわだぶ》きの屋根をかすめていく。

「こうして一日、なんもせんと風景を眺めておれば、それはそれで楽しいと言えるのかもしれませんな。こら、ええことや」

お金に賛同するように、業平は大きく息を吸った。やがて満喫できたのか、

「ほんならな」

離れから歩きだす。

「中納言さま、これでよろしゅうございますか」

やれやれといった様子で、向田が言った。

「突然の訪問、迷惑をおかけしました」

「滅相《めっそう》もございません」

やっと解放されて嬉しいのか、向田は安堵《あんど》の表情を浮かべ、丁寧に腰を曲げた。

「では、わとさん、寅、行きますよ」

なにかの謡曲《ようきょく》を口ずさみながら、業平はいそいそと庭を木戸に向かった。

「それにしましても、勇名を馳《は》せた元火盗改の頭取が、あんなにも温厚になられたとは」

横に並んだ三次郎が感慨深そうにつぶやくと、すかさず寅吉が、

「昔の女が忘れられないんですね。麿《まろ》の旦那はどうです？ 都に愛しいお方がおられるんじゃござんせんか。こう……十二単《じゅうにひとえ》をお召しになって、いとおかし、なんて扇子で口元を隠しちゃって」

「おい、無礼だぞ」

思わず強い口調となり、三次郎は諫《いさ》めた。

以前、水戸家の用人、津坂兵部《つさかひょうぶ》から聞いたことがある。

業平が、愛する妻子を亡くしたということを。

そのことを知らないとはいえ、寅吉の言動はいただけない。が、肝心《かんじん》の業平はというと、

「そんなものはおりません。思えば、そんな女子《おなご》を求めて、東国にやってきたのかもしれませんね」

涼しい顔である。悲しみを胸に仕舞いこんでいるのであろうと思うと、業平への好感と尊敬の念が高まった。

「麿の旦那もおっしゃいますね」

「それがなくて、わざわざ関東まで来るかいな」

おどけたように業平が京言葉を使った。

「そんで、いい女はおりましたか、ああ、そうだ。お紺ちゃん……お紺ちゃんなんかどうですよ。きっぷのいい女ですよ」

「お紺、なあ……」

予想外だったのか、業平の返事は鈍い。

「いい娘ですよ。それに、麿の旦那に惚れていますぜ」

寅吉がにんまりとする。

「そうですか」

それ以上は寅吉の話には乗らず、業平は心持ち歩みを速める。

寅吉の無礼を咎めるように、三次郎は目を厳しくした。寅吉はひょこっと肩をすくめるだけである。

「わとさん」

と、業平が声をかけてきた。何事かと立ち止まる。

「わとさんは、お房を探りなさい」

「はあ……」

意外な言葉に、思わず三次郎は聞き返した。しかし、業平はそれを無視して、

「寅」

「へい」

「寅はお金を探るのです、いいですね」

「合点承知しました」

素直に従う寅吉とは違って、

「あの、どうしてでしょうか」

疑問に思った三次郎は問い返した。

「わかりませんか」

と言われても、向田の説明は筋が通っていた。たしかに、三次郎とて多少の違和感は抱いたものの、結局のところ向田の説明で納得したのである。

だが、業平はやおら寅吉に向かって、

「向田殿の話、どう思いましたか」

「あの大殿さまも隅《すみ》にはおけねえな、って思いましたよ」

訳知り顔の寅吉がにんまりとする。

「では、向田殿の言葉をそのまま信じるのですか」

問われたものの、寅吉も三次郎も答えられない。

「麿《まろ》の旦那は納得なすっていないんですか」

珍しく真面目な顔で、寅吉が聞き返す。

「あれで納得できる人の気が知れませんね」

業平は平然と言いきった。

「どんな点が納得できないのでしょうか」

「ふたりはどうでしたか、お房とお金を見て」

寅吉は顔をしかめながら、

「そうですねえ。お房はいいとしても、お金はどうなんでしょう」

これには三次郎が、

「どうなんでしょうとは、どういうことだ」

「言わなくてもわかるでしょうに。お金はどう見ても醜女《しこめ》ですよ。あの女を見て、果たして若かりしころに見初めた女を思い浮かべますかね」

「それはおまえ、人それぞれというものではないか。蓼食《たでく》う虫も好き好きだ」

「それでも、ですよ。おふでって娘の顔が、どんなだったか知りませんがね。絵を描くにしたって、お房やお紗江さえいりゃあいいいんじゃねえですか。わざわざ、お金を描く必要がどこにあるんでしょうね」

するとと、業平が我が意を得たりとばかりに手を打ち、

「そうです。寅の言うとおりです」

三次郎は戸惑うばかりである。

「寅、おまえの言うことは正しい」

「ありがとうござんす」

寅吉は心持ち得意そうに三次郎を見た。

それでも、三次郎はきょとんとしている。業平の意図がわからない。

そんな三次郎の思いなど、どこ吹く風とばかり、

「では、わとさんはお房、寅はお金を調べなさい。いいですね」

と、すたすたと歩きだした。

「ちょ、ちょっとお待ちください」

あわてて三次郎が追いかけると、

「わたしは帰ります。あなた方には調べがあるのですよ。一緒に来てどうするのですか。ちゃんと調べなさい」

そう早口に言い残し、業平はその場を立ち去った。

六

そんなわけで、三次郎は、お房の生家である木場の材木問屋相州屋に足を運んだものの、これといって新たな手がかりも材料も見出せなかった。

一方、寅吉は、お金の家がある深川山本町《ふかがわやまもと》の長屋にやってきた。

長屋の女房たちにお金の家を聞くと、表通りにある三軒長屋の真ん中だという。

さっそく訪ねてみると、父親の金兵衛《きんべえ》は、居職《いじよく》の飾り職人であった。

戸が開け放たれ、家の中が見通せる。

土間を隔《へだ》てて小上がりになった部屋には、ところせましと簪やら笄《こうがい》などの小間物が並んでいる。そんな飾り物に埋まるようにして、小柄な男が仕事をしていた。

しばらく、家の外で金兵衛の顔を見ていた寅吉は、

——どっかで見たことあるな。

と、心のうちでつぶやく。

さあて、どこだったかな、としばらく考えていると、ひょろりとした店者《たなもの》風の男が入っていった。背中に大きな風呂敷を背負っていることから、金兵衛の小間物を買い取る、問屋の手代であろう。

ふと、寅吉は、この男にも見覚えがあることに気づく。

——誰だったっけ。

そのとき、手代と金兵衛が妙な視線を交わしたように見えた。すばやく寅吉は、家の陰《かげ》に身をひそめた。ここからなら、手代と金兵衛のやりとりが聞こえる。

「どうだい、ひと稼ぎしようじゃねえか」

「やらねえと言っただろう」

「じゃあ、娘はどうなってもいいんだな」

「てめえ、お金に手を出す気か」

「おめえが言うことをきかなかったらな」

「うるせえ、帰れ!」

金兵衛が大きな声を出した。

うんざりとした顔をして、手代が風呂敷包みを背負い出ていった。

──そうだ。

そこで寅吉は、ふたりの素性《すじよう》に気づいた。

金兵衛は、錠前外しの名人と言われた盗人である。たしか、一味の根城《ねじろ》の情報を売る代わりに、盗人から足を洗ったはずだ。

そのとき、寅吉は金兵衛を追いつめようとしたのだが、金兵衛は火盗改に自首し、そのまま手柄をかっさらわれたのだ。

当時、火盗改の頭取は、向田松左衛門……。

そして、訪ねてきた手代は、盗人小間物屋の任吉《にんきち》。小間物の行商に成りすまし、狙いをつけた商家を探ることからそう呼ばれている。

──ということは。

「わかったぜ」

このまま金兵衛を問いつめようかとも思ったが、

──まずは麿《まろ》の旦那だな。

寅吉は駆けるように、業平の屋敷へと向かった。

意気揚々と寅吉が業平の屋敷に入っていくと、お紺とお紗江はすでに帰ったあとだった。得意顔の寅吉を見て、業平がおもしろそうに訊く。

「寅、馬鹿に嬉しそうじゃありませんか」

「へへへ、あっしはどうやら真相を嗅ぎあてましたよ」

寅吉はおおいに誇る風である。

「ほう、これは期待が持てますねえ。ねえ、わとさん」

三次郎は、内心、寅吉の自慢げな態度がおもしろくないものの、自分にこれといった手がかりがない以上、なにも言えない。

「では、あっしが」

寅吉が得意げに身を乗りだした。

「それがですね」

そう前置きをして、寅吉は、お金の家の一件を語った。

「それで、あっしゃ、閃《ひらめ》きましたぜ」

「勿体《もったい》をつけるのはやめなさい」

「金兵衛は娘を守るために、向田さまのお屋敷に奉公にあげたんですよ。なにしろ向田さまといえば、泣く子も黙る火盗改の頭取でいらしたんですからね。これが、お金が向田さまのお屋敷に奉公にあがった理由です」

たちまち、三次郎が、

「おい、おまえ勘違いしていないか」

「はあ、なにがです」

寅吉は心外だといった表情だ。

「それは、お金側の事情ということだろう。問題なのは、向田さまがなにゆえ黒子のある娘ばかりを、お女中に雇ったかということなんだ」

「ですから……その、絵を描きたかったんでしょう。お若いときに想いを寄せた女中の面影を思いだすために、鼻の下に黒子がある娘ばかりを雇ったんじゃねえですかい。それで、お金は雇われた。その仕事に目をつけたのは、親父の金兵衛が、盗人一味からお金の身を守るためだった……あれ、なんか変ですね」

言っているうちに、寅吉は自分の言っていることがわからなくなったようだ。

「つまりな、おまえはごっちゃにしているんだよ。我らが調べなければいけないのは、向田さまのご事情で、娘側の事情ではないんだ」

「はあ、そういうことでした」

寅吉の声は、たちまちしぼんでいく。

七

ふたりのやりとりを聞いていた業平が、静かに告げた。

「向田殿が黒子のある娘ばかりを女中奉公させたのは、結局のところ、想いを寄せた娘を絵にするため……ということですね」

寅吉が、

「そのとおりです」

と、力強く答える。その点は、三次郎も同じ結論だった。

「そうですか……なんだか拍子抜けですね。ま、暇《ひま》つぶしにはなりましたが」

大きくあくびを漏らす業平を見て、寅吉が、

「あれですよ、幽霊の正体を見たり枯《か》れ尾花《おばな》、って奴ですよ。見かけはたいそう怪しげな謎でも、実際にはしょぼくれた真相ってのが、世の中にはいっぱい転がってますからね」

「そんなにありますか」

業平に突っこまれ、

「浅草の奥山《おくやま》ってところに行きますとね、見世物《みせもの》小屋がたくさんあります。そこで、大いたちがいるなんて聞いて入ってみると、大きな板に鶏の血を塗っているなんてのがあるんですよ」

「ほう、そらおもろいな」

業平が興味を示した。

三次郎は内心で舌打ちをする。まさか、次は見世物小屋に行きたいなどと言いだすのではないか。寅吉にこれ以上よけいな話をさせないように、

「では、我らはそろそろ失礼いたします」

と、両手をついた。

「そうですか。もう帰りますか」

「はい。寅吉が調べた盗人につきましては、奉行所で探索をします」

つまらなさそうな顔をする業平を残して、三次郎は寅吉をうながし、縁側へと出た。

明くる朝のこと。

三次郎と寅吉が、業平の屋敷の居間に入ったところで、

「業平さま」

お紺の声がした。いつもの鼻にかかった甘えた声ではない。なにか切迫したものがあった。

三次郎と寅吉が顔を見あわせていると、お紺とお紗江が、飛びこむようにして居間に入ってきた。

「向田殿の件なら、あきらかになりました。幽霊の正体を見たり枯れ尾花です」

昨日の寅吉の話がおもしろかったのか、業平はやや得意げに語りだした。

が、お紺は表情をやわらげることなく、頬を強張《こわば》らせたまま、

「相州屋のお房さんが亡くなったんですよ。お紗江ちゃんが言っていました」

「ええ」

これには、さすがの業平も驚きの声をあげた。三次郎も寅吉も、ぽかんとしている。

「でも、昨日、お房は生きてたぜ」

寅吉の放心したような言葉に、お紗江が、

「昨晩のうちだそうです」

「どうして亡くなったのですか」

途端に、業平の語調が鋭くなった。

「くわしくはわかりませんが、転んで頭をひどく打ちつけたんだそうです」

業平の剣幕に、お紗江は気圧《けお》されるように答える。

「どこで死んだのです」

「相州屋さんだそうですよ」

「行きましょう」

すばやく業平は腰をあげた。

「では、わたしも」

そう口に出したお紺だったが、

「いや、お紺はお紗江と一緒にここにいなさい。しっかり掃除するのですよ」

業平に心配されたことが嬉しいのか、素直に従った。

今日はひさしぶりに剣術の稽古がしたくなった、と業平は金鞘《きんざや》の太刀を腰に帯びた。

相州屋は、向田の屋敷から半町ほど北にある。老舗《しにせ》の材木問屋とあって、立派な店構えだった。大戸が閉じられ、喪中《もちゆう》の札が貼ってある。

裏にまわり、裏木戸に立った。寅吉が中に入り、奉公人から事情を聞きだそうとすると、

「ええっ！」

寅吉の口から驚きの声が漏れた。つられて視線を向けた三次郎も、同じく声をあげそうになる。

なんと、お房が歩いてくるではないか。

「おや、あんた……生きているのか」

寅吉の言葉に、お房らしき女はきょとんとしている。

すると、業平が、

「黒子がありません」

と、ささやいた。

たしかに、女の鼻の下には黒子がない。

「あの、どちらさまでございましょう」

娘が丁寧に応対をした。

三次郎は素性を告げ、さらには、業平を都のやんごとなき公家と紹介し、昨日、お房に会ったことを言い添えた。

「そうですか……わたしは、お房の姉で、光《みつ》と申します」

「ということは、双子の姉妹か」

三次郎が尋ねると、はい、と言って悲しげに目を伏せる。

「気の毒なことになったな」

三次郎の気遣いに、お光はふと気づいたようになって、

「どうも失礼しました。どうぞ、お入りください」

と、三人を母屋の客間に案内した。

すぐに、主人の甚五郎がやってきて、縁側で両手をついた。甚五郎は面《おもて》を伏せたまま、

「向田の大殿さまからお聞きしました。飛鳥中納言さまでいらっしゃいますね」

「かたくなる必要はありません」

さらりと業平が言い、三次郎も、あくまでお忍びであることを言い添える。そのためか、甚五郎はいくぶんか表情をやわらげた。

「お房は気の毒なことをしましたね」

「痛み入ります」

「しかも急でしたね」

「そうなのです。夜中に風呂場で足を滑らせまして……どうやら打ちどころが悪かったらしく、あいにくと……」

甚五郎の言葉は、しんみりと消え入った。業平は気遣う風に、

「とても穏やかな娘で、人あたりがよかったです。惜しい娘を亡くしましたね」

「中納言さまにお誉めいただければ、お房も本望でございましょう」

「して、葬儀はどうなっておるのですか」

「身内だけで済ませました」

「昨日の今日なのに、そんなに急ぐこともないでしょう」

「なるべく、店を早く開けないといけませんので……」

「ならば、手だけでも合わせましょうか」

「滅相《めっそう》もございません」

業平の言葉に、甚五郎がおおげさなほどにかぶりを振る。それでも、業平は意見を曲げず、

「なにかの縁によって言葉を交わしたのです。せめて、冥福《めいふく》を祈るのが人というものでしょう」

「それは痛み入ります」

それではご案内します、と甚五郎が立ちあがった。業平に続いて、三次郎、寅吉も客間を出る。

案内された先の部屋には、大きな黒檀《こくたん》の仏壇が据えられていた。甚五郎が仏壇の観音扉を開け、灯明《とうみょう》を灯《とも》した。

「では、祈ってやってください」

甚五郎に言われ、業平が両手を合わせる。背後で、三次郎と寅吉も神妙な顔で瞑目した。

「すみませんが、茶など所望しましょう」

終えると、業平が喉の渇きを訴えた。

「これは、気がつきませんで」

あわてて甚五郎が腰をあげる。

「もう帰りませんか」

三人でふたたび客間に戻ると、寅吉が言いだした。

「娘を亡くしたばかりなのですから」

「かまいませんよ」

それでも、業平は涼しい顔である。

さすがに三次郎も、これには腹が立った。非常識にもほどがある。いくら、京の偉い公家でも許せない。

それが表情となって、三次郎の顔に表れたのだろう。

「わとさん、変だと思いませんか」

「はあ」

三次郎も寅吉も呆気《あっけ》にとられた。

「準備がよすぎるでしょう。昨晩に死んで、位牌《いはい》が用意され、しかも仏壇は閉じられていました。昨晩、失ったばかりの娘に対するおこないではありません」

「そらそうだ」

寅吉は例によって変わり身が速い。

「どういうことなのでしょう」

三次郎が聞いたとき、お光が入ってきた。そして、業平の前に茶を置く。

「ごゆっくりどうぞ」

お光が丁寧に頭をさげ、腰をあげようとしたところで、

「お光」

業平は突然、お光の右手をつかんだ。予期せぬ業平の行動に、お光は小さく悲

嗚を漏らし、その場にぺたりと座った。

「麿《まろ》の旦那、なにをなさるんです」

寅吉が言った。

「お房ですよ」

業平が、お光の着物の袖をまくった。

右の二の腕は赤く腫れている。それは、業平が向田屋敷の東屋で見かけた、お房の右手と同じであった。

八

「なんですって」

寅吉が、がさつな大声を出した。

お光はうろたえながらも、

「わたしは光です」

「そうなのでしょう。本当はお光なのでしょう。ですが、向田殿の屋敷の東屋にいたのは、あなたですね。お房として」

そこへ、甚五郎が入ってきた。

「お光、もういい、もういい」

「事情を話してください。お光をお房として、向田屋敷に奉公にあげたということを」

業平が優しく語りかけると、甚五郎は深くうなずき、

「すべては、向田の大殿さまのためです」

甚五郎は、向田にひとかたならない恩を受けたという。

十年前、盗人に入られ、危《あや》うく殺されかけたところを、向田率いる火盗改が助けてくれた。つまり、向田は甚五郎にとって命の恩人であった。

「大殿さまは、火盗改として当然のことをしたまでと、ご自分の手柄を誇ることはなさらなかったのですが、わたしにしてみれば、間違いなく命の恩人です。わたしは、命と財産を助けられたことに加え、向田さまのお人柄に強く惹《ひ》かれ、それからお付き合いがはじまったのです」

そうして付き合いが続くうち、向田から、若かりしころに想いを寄せたおふでのことを聞いた。しかも、おふではお房に面影が似ているという。

「わたくしは大殿さまに、おふでというお方を絵にされては、と申しました。大

殿さまはたいそう喜ばれたのです。その際には、どうか娘のお房を使ってほしい。そして、もしお房のことが気に入れば、そのまま身のまわりの世話をさせ、そばに置いてほしい、と……」

「ええ？　あんたは自分の娘を差しだしたってわけかい」

驚きの声をあげた寅吉に、甚五郎は淋しそうに微笑《ほほえ》み、

「いえ、そういうわけではありません。お房の気持ちも、十分に確かめました。お房も、十年前のことを自分なりに感じ入っているらしく、大殿さまさえよろしければ……という返事だったのです。むしろ、躊躇《ためら》われたのは、大殿さまのほうで……」

そこで甚五郎は言葉を切り、業平の顔を見つめた。

「わたしが十分に説得したところ、いったんは納得されたのですが……それでも、あまりに露骨《ろこつ》ではないか、と気にされていまして。そこで、鼻の下に黒子のある娘を女中に採用するという案を持ちかけました。さすれば、本来の目的が隠せるでしょう、と」

「本当は、お房だけを採用したいところを、目的を誤魔化すために、鼻の下に黒子のある娘という募集をかけたのですね」

確かめるように、業平はゆっくりと語りかけた。甚五郎は首を縦に振り、

「ところがその矢先、先月の晦日《みそか》に、お房は死んでしまったのです。風呂場で転び、打ちどころが悪く……不幸なことでした。わたしは咄嗟《とっさ》に、お光をお房の身代わりに立てました。付け黒子でお房にして、お屋敷にあげたのです」

初日は、向田にそのことを告げなかった。

ただでさえ、この計画に躊躇《ためら》っていた向田である。ならば諦めよう、となるのは目に見えていた。

だが、向田の人柄を心底敬服している甚五郎としては、なんとしても向田の願いを叶えてあげたかった。

幸い、お光も、お房と同じ気持ちであるという。

「お房の亡骸はひそかに荼毘《だび》に付し、密葬を執《と》りおこないました。しかし、いつまでも亡くなったことを、隠しおおせるものではございません。それで、今朝、大殿さまには本当のことを申しました」

話を聞いた向田は、自分のわがままのせいで、お房とお光に哀しい思いをさせてしまったと、深く詫びたという。

「今回のことは、わたしの勝手な企《くわだ》てだったのです」

甚五郎は両手をついた。

「いや、企てなどと、たいそうなものではありません。そうですね、わとさん」

業平に問いかけられ、

「そうです。べつに危害があったわけではありませんから」

三次郎が努めて明るい口調で答えると、寅吉も、

「こら、考えようによっちゃあ、人情話ですよ。恩を受けた大殿さまのために、娘の死をも秘して尽くしたんだから。相州屋さん、あんた、偉えよ」

しかし、甚五郎は喜びを表すことはなかった。

甚五郎の肩は震えていた。目から涙があふれる。いままさに、お房の死が現実のものとなったのだろう。

業平は三次郎と寅吉に目配せをし、三人はお房の冥福を祈りつつ、相州屋をあとにした。

外に出たところで、寅吉が声をあげた。

「向田さまのお屋敷を見にいってみますか。お房、いや、お光がいなくなって、どうなったんでしょうね。気になりますよ」

「お紗江は通っていないのだから、お金だけが、相変わらず離れ座敷で座ってい

るのでしょうか」

しかし、業平の耳にはふたりの言葉は達していないようで、

「なんだか、胸騒ぎがします」

業平は突然、走りだした。三次郎と寅吉も、戸惑いながらも追いかける。


「あいつ」

寅吉がしぼりだすような声を漏《も》らした。

業平の予感は当たった。

離れ座敷にいるお金を、盗人小間物屋の任吉とその手下らしいやくざ者三人が取り囲んでいる。濡れ縁で、向田が倒れていた。

業平は木戸をくぐると、一目散《いちもくさん》に離れ座敷に向かい、腰に帯びた金鞘の太刀を抜いた。

「悪党、許しません」

突如《とつじょ》として現れた神主に斬りかかられ、任吉は驚きと戸惑いの表情を浮かべながらも、

「やっちまえ」

と、やくざ者をけしかけた。やくざ者は匕首《あいくち》を抜き、業平に向かう。

業平は太刀を右手一本で持つと、背筋をぴんと伸ばし、爪先立ちになった。すると、まるで舞をまうような優美さで、太刀を繰りだす。

やくざ者はあっという間に匕首を弾き飛ばされ、腰を抜かしたように尻餅《しりもち》をついた。

「この野郎！」

任吉が、匕首を腰溜めにして突っこんでくる。

業平は右手と右足を高々とあげ、くるりと独楽《こま》のように回転し、目にもとまらぬ速さで太刀を一閃《いっせん》させた。

任吉の匕首と髷が宙に飛び、池の中にぽちゃりと落ちた。

京八流の流れを汲む、鞍馬流《くらまりゅう》剣法——その業平の剣が、今日はいちだんと冴《さ》えわたっているようだ。

三次郎と寅吉は、任吉とやくざ者に縄を打った。

「思いがけねえお手柄《てがら》ですよ。結局、黒子の女中奉公と、金兵衛が脅《おど》されていた一件は別物だったんですねえ」

寅吉は嬉しそうだ。

三次郎のほうも、瓢簞《ひょうたん》から駒《こま》という思いである。奇妙な黒子娘騒動を探るうち、こうして盗人一味を捕縛することができたのだ。

——これも、飛鳥業平という風変わりなお公家さまが持つ、めぐりあわせというものか。

感謝の思いで見ると、業平は濡れ縁で倒れている向田のかたわらに立っていた。その横では、お金が懸命に介護をしている。その姿は、昨日見たぼんやり顔の娘とは別人のようだ。

「う、うう」

向田が目を覚ました。すぐに業平に気づき、

「これは、中納言さま」

と、立ちあがろうとしたが、顔をしかめて起きあがれない。お金が介添えをし、ようやく腰をあげることができた。視線を庭にやり、任吉ややくざ者が捕縛されたのを見て、

「……年はとりたくないものです。あんな者どもにやられるとは」

後頭部を殴《なぐ》られたらしく、向田はさかんにさすり続けた。

「無事でなによりです。くれぐれもお大事に」

それだけ言うと、業平は踵《きびす》を返した。

三次郎が、お房のことを問わないのかと目で尋ねる。業平は首を横に振り、

「武士の情けです」

その代わりとばかりに、向田を振り返り、

「そうだ、さしづめ、向田殿、今度は本当に身のまわりを世話する女中を置かれてはどうですか。さしづめ、そのお金などは、うってつけかと思いますが」

「あ、ああ、畏《おそ》れ入ります。かたじけない」

向田は深々《ふかぶか》と頭をさげた。

その後ろでは、お金が嬉しそうに微笑《ほほえ》んでいた。

第二話　死出の舞台

一

黒子《ほくろ》の娘騒動が落着を見てしばらくしてから、五月二十五日のこと。

相変わらずの鬱陶《うっとう》しい梅雨《つゆ》空である。今日も朝から、どこにそんな水があるのかというほどに、篠突《しのつ》く雨が降り続いている。

飛鳥業平は、駒込追分《こまごめおいわけ》にある水戸徳川家の下屋敷にいた。

御殿の客間には、昼餉の食膳が整えられている。

湿気がこもらぬよう障子が開け放たれ、枯山水《かれさんすい》の庭が見渡せた。といっても、この雨である。白砂に描かれた文様は雨で流れ、値の張りそうな庭石や見事な枝ぶりの赤松も雨に煙《けむ》っていた。

用人の津坂兵部が、

「大変に申しわけございません。殿におかれましては、急な登城となりまして」

殿、すなわち水戸中納言徳川斉昭とは、昼九つ（午後零時）に待ちあわせていた。

それが、突然、斉昭の都合が悪くなったという。多忙を極める斉昭ならば無理からぬことあり、業平とて別段、目くじらを立てることではない。

「斉昭さんもお忙しいのでしょう」

業平が気分を害していないことを見て取った津坂は、安堵《あんど》の表情で昼餉を勧めた。

幸い、雨はあがり、いくらか薄日が差すようになった。

津坂は、斉昭が来られなくなったことの後ろめたさからか、ずいぶんと気をまわし、膳の給仕を女中にさせながら、四方山話《よもやまばなし》をした。

業平はそれに機嫌よく応じ、半刻ほどを昼餉にかけた。

女中に膳をさげさせてから津坂は、

「ところで、市井でのお暮らしに、なにか不自由なことはございませんか」

「とくに不自由は感じておりません」

「なんでしたら、身のまわりのお世話をする者をお付けいたしましょうか」

津坂が思わせぶりな笑みを浮かべる。業平は涼しい顔で、

「間にあっておりますよ」

「そうは申されましても……」

「本当にそれはよいのです」

業平はやや語調を強めた。

「これは、失礼しました」

無礼をしたと思ったのか、津坂が両手をついた。業平のほうはというと、いっこうに気にする風でもなく、

「では、これで失礼しますね」

「どうも、ありがとうございます」

客間を出ると、業平は玄関近くにやってきた。

玄関脇に設《もう》けられた使者の間に、和藤田三次郎が控えている。襖を開けると、三次郎は船を漕いでいた。

業平の掛《かかり》である三次郎は、業平の水戸藩邸への行き帰りに付き添っている。もちろん、水戸家からも厳重に警護の侍が付くのだが、業平のたっての願いで三次郎も加わっているのだ。もっとも、警護というよりは、業平の話し相手を務

めているのだが……。

業平は悪戯《いたずら》っぽい笑みを浮かべると、忍び足で三次郎の前に立ち、耳元で、

「火事だ！」

と、絶叫した。

途端に三次郎は、ばね仕掛けの人形のように飛びあがった。

「か、火事……」

あわてふためき、部屋の中を見まわすと、眼前に業平がいる。

「飛鳥殿、火事でございますぞ」

業平は肩を揺すって笑い、

「冗談ですよ」

「はあ……」

それでもまだ三次郎は、目を白黒させている。

「火事というのは冗談なのです」

やっと理解できると、わずかに唇を尖《とが》らせたが、

「目が覚めたでしょう」

業平から居眠りを指摘されると、三次郎も言葉がない。

「もうお帰りでございますか」

ばつが悪くなり、三次郎は早口になった。

「斉昭さんが来られなくなったそうです」

水戸家の当主を「斉昭さん」と屈託《くったく》なく呼べる者は、そうそういない。三次郎はあらためて業平のすごさを感じた。

業平と三次郎が御殿の玄関を出ると、そこにはすでに駕籠が用意されていた。

業平が警護の侍たちに軽く会釈をすると、侍たちは厳《おごそ》かな顔で頭をさげ、駕籠の引き戸が開けられた。

業平が乗りこもうとしたとき、

「きゃあ！」

と、湿った空気を切り裂く絶叫がした。

「わとさん」

業平が三次郎に目配せをする。三次郎は声のするほうを確認し、警護の侍たちは業平の身を守るべくまわりを囲んだ。

やがて、女中が真っ青な顔で走ってきた。玄関まで業平の見送りにやってきた津坂が、

「何事だ」

「た、大変でございます」

「落ち着くのじゃ。いったい、なにがあった」

「全阿弥《ぜんあみ》さまが能舞台で倒れておられます」

「なんじゃと」

津坂が問い直したときには、すでに業平は走りだしていた。

「中納言さま、どこへ行かれるのです」

津坂も、警護の侍を連れてあとを追う。

御殿の西側には、築地塀《ついじべい》が設けられ門があった。門番がいたが、津坂の姿を認め、止め立てはしない。

門をくぐると、右手に台所棟がある。能舞台は、その台所棟の前に設けられていた。ただしいまは改築中とのことで、舞台と楽屋はあるが、楽屋と舞台をつなぐ橋掛《はしがか》りと呼ばれる渡り廊下はない。

舞台の近くにやってくると、

「止まりなさい」

業平は、三次郎や津坂たちを止めた。

舞台の上に、能面と能装束を身に着けた者が、うつぶせに倒れている。

能舞台の周辺は泥《どろ》だらけで、楽屋から舞台に向かって、足跡がくっきりと残っていた。その足跡は能舞台まで続くもので、おそらくは舞台上で倒れている全阿弥が残したものに違いない。

「どうしたのですか」

津坂が訝《いぶか》しむ。

「ご覧なさい」

業平は足跡を指差した。

そのとき、雲が切れ、日輪《にちりん》が顔をのぞかせた。能舞台に明るい日差しが降りそそぎ、舞台後方の鏡板《かがみいた》に描かれた老松《おいまつ》を、くっきりと浮かびあがらせる。

「早く、あの者を」

警護の侍が能舞台に近づこうとするのを、

「ご覧なさいと言っているのです」

業平はもう一度、声高に注意をした。

「足跡です」

横から三次郎が言い添えると、ここで津坂が気がついたようで、

「舞台に行く足跡しかございません。ほかに足跡は見あたらぬ……」

「そうです。そのことを、よく頭に刻みなさい」

と、業平は三次郎に向かって、

「わとさん、ついて来なさい。他の者はここにいるのです」

「ですが……」

津坂が抗《あらが》った。

「ならば、津坂さんも。あとの者はいけませんよ」

業平が強く命じ、津坂も、ここにおれ、とあらためて警護の侍を制した。

つんと背筋を伸ばし、業平は能舞台へと向かう。その姿勢のよさは、あたかもみずからが能を演じるようだ。

一方の三次郎と津坂は、おっかなびっくりといった様子で続く。

舞台の階の下に、全阿弥のものと思われる雪駄《せった》がそろえて置いてあった。

業平が雪駄と足跡を照合し、合致することを確かめる。

それを確認してから、三人は能舞台にあがった。

業平が、まず舞台の周囲を見まわす。

足跡は、やはり全阿弥のものしかない。

「あのひと組だけですね」

「いかにも」

津坂がすかさず返事をした。

業平たちは、舞台中央で倒れている亡骸に向かった。

亡骸はうつぶせに倒れており、唐織《からおり》の小袖の背中に、短刀が突き立っている。周囲に血は流れていない。金襴緞子《きんらんどんす》の表着《おもてぎ》が脇に脱ぎ捨てられてあり、少し離れたところには、扇《おうぎ》が転がっていた。

扇は開かれ、金地に松の絵が描かれている。倒れた拍子に、手から落としたのだろう。

「この短刀が心の臓に達しているようですね。血が飛び散っていないのは、短刀が栓《せん》の役割を果たしているのでしょう」

業平の淡々《たんたん》とした物言いは、まるで医者である。津坂も、業平の考えを受け入れた。

「わとさん、能面を取りなさい」

業平に命じられ、

「承知しました」

三次郎が、亡骸の顔を覆う能面に手をかけた。

白式尉《しろしきじょう》と呼ばれる面である。頭には、立て烏帽子をかぶっていた。

ふと、そこで業平が三次郎の手を止めさせ、津坂に尋ねる。

「待ってください。白式尉の面と装束から判断しますと、翁《おきな》の稽古をしていたのですね」

翁は天下泰平と五穀豊穣《ごこくほうじょう》を祈る舞で、新年や舞台披きに上演される。

「能舞台改築の披露に、全阿弥が演ずることになっておりました」

津坂の返答を確認してから、業平はふたたび三次郎に能面を取るよう命じた。

能面が取り払われると、若い男の顔が現れた。生きていれば、さぞや男前であったろう。

業平が津坂を見た。

「能楽師の全阿弥に間違いございません」

津坂は明瞭な声で答える。

「能楽師ならば、能面を付け、能装束を身にまとって舞台に立つのは至極当然ですね……ところで、この者、いつから水戸家に仕《つか》えておるのですか」

「つい、十日ばかり前です。三河島《みかわしま》の御前の推挙で雇いまして、まずは、蔵屋敷で能を披露させ、近日中に上屋敷にて殿にご披露申しあげようと、準備をしておったところでございます」

業平は、おやっとした顔になって、

「三河島の御前とはどなたですか」

これには、津坂は口ごもった。業平はかまうことなく、

「誰なのです」

今度は少し強い口調で訊ねる。

「名を守屋貞斎《もりやていさい》さまと申され、御直参旗本でいらっしゃいますが、とくに役職には就《つ》かず、書家として知られておられます」

三河島の御前こと守屋貞斎――。

三河島に五万坪を越す広大な屋敷をかまえる、有名な書家である。

貞斎が書く書《しょ》には魂《たましい》があるとされ、さまざまな大名、旗本が揮毫《きごう》をもらおうと詰めかける。

その揮毫は、家宝となるくらいに値打ちがあるという。

「御前は大奥への出入りも自由。御台所さまや側室さまに、書の指導をなさっておられます」

「有名とはいえ、書家であることに違いはないのでしょう。なにゆえ、そのように力を持っているのですか」

「それは……」

津坂はふたたび口ごもった。わとさんも知っているでしょう」

「わとさん、どうなのです。わとさんも知っているでしょう」

三次郎は、ちらりと津坂を見た。津坂が軽くうなずくのを了承と受け止め、

「三河島の御前は、畏れ多くも故家基《いえもと》公のご落胤《らくいん》と噂されておられるのです」

二

「家基公というと、十代の公方《くぼう》さま家治《いえはる》公の一子……本来ならば十一代将軍を継ぐはずが、病により十八歳という若さで早世あそばされたお方ですね」

三次郎が首を縦に振ると、業平は、

「その家基公の死には、不審な疑いがあったとか……」

そこで、津坂が激しく咳きこんだ。これ以上、よけいな詮索はするなということだろう。

さすがに気を遣ったのか、もしくは目の前の殺しに興味が移ったのか、業平もそれ以上、家基の死を追及しなかった。

守屋貞斎が、家基の子かどうかはわからない。あくまで噂である。

その学識の深さ、明晰《めいせき》な頭脳から、将軍家斉《いえなり》の側近くに侍《はべ》り、特別の寵愛を受け、無役ながら千石を賜《たまわ》った。

官位も、従四位下侍従《じゅしいげじじゅう》という老中や高家《こうけ》並である。

今年六十歳になる貞斎は、十年前に隠居をし、家斉の好意で大奥出入りが自由となって、江戸城内に隠然《いんぜん》たる力を誇っている。

たしかに、家斉がそこまで貞斎を寵愛するのは、いささか不自然でもあった。

そのため、貞斎は家基のご落胤なのではないか、家斉には家基に対する後ろめたさがあるのではないか、という噂が立ったのだ。

「三河島の御前のご推挙となれば、信頼できる能楽師ということになります」

津坂の言葉もろくに聞いていないようで、業平はなぜか嬉しそうな表情を浮かべていた。

「いかがされたのですか」

問いかけたものの、三次郎には業平の心が読み取れる。わかるだけに、危《あや》ぶんでしまうのだ。業平は、全阿弥殺しに興味を持ったようだ。となれば、業平の行動は決まっている。

果たして、

「調べるのですよ。全阿弥を殺した下手人を突き止めるのです。では、あなた方、舞台の隅《すみ》にでも行ってなさい」

業平は懐から眩《まぶ》しく光る物を取りだした。

「なんですか」

三次郎が聞き、津坂はいぶかしむ。

「天眼鏡《てんがんきょう》です。邪魔です。早くどきなさい」

三次郎が腰をあげると、

「そっとです。わとさん、そっと移動するのです。津坂さんもですよ」

業平に言われ、三次郎も津坂も忍び足で舞台後方の後座《ござ》に移動した。

業平は四つん這いになり、天眼鏡で全阿弥の周囲を観察する。慎重に舐めるように床板を見ていた。

「飛鳥卿は、普段からああなのか」

津坂は苦虫を嚙んだような顔だ。

「いえ、そのようなことは……」

「隠さんでもいい。なにやら、おまえたち町方の同心のような働きをなすってお
られるそうではないか」

なにも恥ずべきことではない。三次郎にしてみれば、むしろ誇らしいことだ。

「それはお見事なものでございます。公家さま同心でいらっしゃいますよ」

「公家さま同心なあ……まあ、それもいいが、あまり羽目を外すようなことはお
止めするのじゃぞ。中納言さまにもしものことがあれば、貴殿が腹を切るくらい
では済まないのだからな」

津坂が、険《けわ》しい目で三次郎を見た。

「わかっております」

——津坂さまだって止められないではないか。

三次郎は内心で反発した。

そんなふたりの不満をよそに、業平は舞台せましと這いまわっている。四半刻
ほども観察を続けたあと、

「もう、いいですよ」

ほがらかな声を放った。

「なにかわかりましたか」

「全阿弥は舞台にあがって、この場でしばらく能の稽古をしてたようです。しかし、それ以外のことはわかりません」

業平の答えは明瞭だ。

「どういうことなのです」

「舞台の上にも跡がないのです。人が押し入った跡が」

「では、下手人は霞《かすみ》のように消えてしまったのでございますか」

津坂が聞くと、

「そういうことになります」

業平はけろりと答える。

津坂は、口をあんぐりとさせた。いろいろと問いかけたいのだろうが、業平の取りつく島のない態度と、中納言への遠慮から黙っているのだろう。

探索における業平の言動を知らない津坂にすれば、なんともつかみようがないに違いない。

「わとさん、これはいったい、どうしたことでしょうね」

下手人が消えてしまった状況を、業平は楽しんでいるようだ。

「全阿弥は自害したのではございませんか」

「それはありえませんね」

業平に言われるまでもなく、短刀が突き刺さっているのは背中だ。とても自分で刺せるとは思えない。

「やはり、下手人は水戸家中の者ということになりましょうか」

津坂が震えを押し殺した声で言った。

津坂が恐れているのは、三河島の御前こと守屋貞斎に対してであろう。貞斎に推挙された能楽師が、命を落としてしまったのだ。

しかも、殺されたのである。

下手人が水戸家中の者ということにでもなれば、貞斎もおおいに心証を害するに違いない。

「いずれにしましても、下手人探索をしなければなりませんね」

業平が言うと、

「これからのことは、わたしが取りまとめますので、中納言さまにおかれましてはなにとぞ、お帰りくださりますようお願い申しあげます」

慇懃《いんぎん》な言葉と態度で、津坂が頭をさげた。

「いいえ、下手人探索はわたしがおこないます」

業平は、それが当然と思っているようだ。たちまち、津坂の表情が曇る。

「わたしにまかせなさい」

「そ、そういうわけにはまいりません」

「ではお聞きしますが、津坂さんは、殺しの探索をしたことがあるのですか」

業平は心持ち自慢げである。

「……いいえ、ございません」

「ならば、わたしがやったほうがいいでしょう」

「それは……」

「これは難しい一件ですよ。練達の同心でなければ落着には導けません」

「練達の同心、でございますか」

津坂が横目で三次郎を見る。三次郎は津坂をいなすように視線を背《そむ》けた。

「わたしと、わと損でおこないます」

自信満々の業平の言葉が、三次郎の耳には「わと損」と聞こえた。

よくない兆候である。同僚からからかわれる損次郎というあだ名が、脳裏《のうり》によみがえった。

――まさか、水戸家と三河島の御前が絡む殺しに遭遇してしまうとは。

不運にもほどがある。平穏で退屈な役目であった業平の警護は、思いもかけない大事件となり、三次郎の眼前に立ちはだかった。

すべては、飛鳥業平という風変わりなお公家さまが、招き寄せた結果かもしれない。

「となると、わとさん、聞きこみをしなければなりませんね」

「は、はい」

三次郎としては従うしかない。

「お言葉ですが……和藤田殿は町方の同心。大名家の探索は、ご遠慮願いたいのですが」

ここにきて、津坂も精一杯に抗《あらが》う。

「それならご心配には及びません。わとさんは南町奉行所同心として、この一件の探索をおこなうのではないのです。探索をおこなうのは、あくまでわたし。わとさんはいわば、わたしの手先、岡っ引きですね」

業平は愉快そうに笑った。その笑顔は悔しいことに、染み透るような魅力にあふれている。津坂も、それ以上は口答えできそうになかった。

「では、津坂さん、まずは、この亡骸を見つけた女中の話を聞きましょう」

しぶしぶ従うと、津坂は舞台をおりていった。

業平は満足そうな顔で、

「水戸藩邸で起きた殺しの探索をおこなうとは、胸が躍りますね」

「まさしく」

三次郎の心のうちでは、やれやれという気持ちと、これからおこなう業平との探索への好奇心が入り混じっていた。

三

楽屋は、きれいに整えられた八畳間と六畳間から成っていた。六畳間には、全阿弥の衣服が畳まれている。八畳間にはなにもない……いや、

「わとさん、これ」

業平が短刀の鞘《さや》を拾った。

おそらく、全阿弥を殺した短刀の鞘であろうか。とすると、下手人はここに置いてあった短刀を抜き、舞台の全阿弥を刺したに違いない。

そこへ、津坂がさきほどの女中を連れてきた。

二十歳《はたち》前後の女中は、おどおどしながら座った。津坂が、業平を簡単に紹介する。そして業平には、女中が久美《くみ》という国許《くにもと》勤めの藩士の娘だと紹介した。

「久美、そんなに、かたくなることはありませんよ」

業平にそう言われても、相手は水戸家当主、斉昭とも対等で口がきけるお公家さまである。おいそれと表情がやわらぐものではない。

そのうえ、亡骸を目撃してしまったのだ。緊張するなと言うほうが無理だろう。

業平は、三次郎に目配せをした。

「久美殿、能舞台の全阿弥の亡骸を見つけたときのことを話してくだされ」

三次郎は久美が水戸藩士の娘であることを配慮し、「殿」と呼んだ。

久美は武家の娘らしく落ち着きを取り戻すと、三次郎に向き、

「わたくしが能舞台を見たときには、全阿弥さまはすでに倒れておりました」

「舞台にあがるまでの全阿弥は、見ていないのでござるか」

「わたくしは、全阿弥さまの昼餉の給仕をしました。昼九つごろでございます。給仕のあと、いったん楽屋を出ましてから、膳をさげに楽屋にまいりまして、膳を楽屋から台所に運んだところで舞台を見ました。そうしましたところ、全阿弥

さまが倒れておられたのです」

　業平は津坂に向かって、

「全阿弥はどこにおったのですか」

「昼近くに出仕《しゅつし》しますと、この楽屋で昼餉を食し、能装束に着替えます」

「雨があがったのは昼九つごろ、久美が全阿弥の亡骸を見つけたのは、九つ半を四半刻ほど過ぎたころ……その間に殺されたことになりますね。食事の間、全阿弥に変わったことはありませんでしたか」

　久美は業平を正面から見据《みす》え、

「全阿弥さまは能装束の小袖を身に着けられ、黙って召しあがりました。そのあとは、おひとりになられ、しばらく黙考されます。気持ちを能に集中させておられるのです。そして、興が乗ってから舞台に向かわれるのです。以前、そう聞きました」

「ほう、くわしいですね」

「給仕をしておりますので、それくらいの言葉を交わすことはございました」

　久美は言い添えた。

うなずきながら、業平は楽屋を出て、能舞台を見た。

雨あがりの能舞台は、屋根から雫《しずく》が落ち、それが日輪を受けて煌《きらめ》きを放っていた。建て直し中とあって、橋掛りのない能舞台は、ぽつんと離れ小島のように取り残されている。松羽目の松の優美さが、寂しい空間に彩りを添えていた。

業平はしばらく思案をしていたが、楽屋に戻ると久美に向かって、

「全阿弥はどのような男でしたか」

久美は戸惑《とまど》うように目を伏せた。

「思ったままを申しあげよ」

津坂の言葉にうながされ、久美はうなずくと、

「あまり言葉を交わしたことはございませんので、よくわかりません。ただ、ときおり、鋭い眼光で射すくめられるような……なんとなく、近寄りがたいお方でした」

「怖《こわ》かったのですか」

久美は口を閉ざしていたが、

「怖い、と思うときもありました」

業平は考える風に腕を組んだ。

すると、そこに侍が入ってきた。津坂に耳打ちをすると、表情が変わった。何

事かを察した業平は、

「久美、もう行ってよろしいですよ」

久美は伏し目がちになったまま、楽屋を出ていった。

「どうしたのですか」

業平が津坂に向く。

「三河島の御前がいらっしゃいました」

津坂の表情は、緊張で強張《こわば》っている。

「それはいい機会ですね。話を聞いて、会ってみたくなっていたのですよ」

業平は興味津々に目を輝かせている。

「ここにお呼びなさい」

「わかりました」

津坂も業平の言葉に従うことにしたようだ。そして、みずからが出迎えるべく楽屋を出ていく。

「おもしろくなってきましたよ」

「飛鳥殿……」

諫《いさ》めるような口ぶりとなったものの、果たしてどこまで聞き入れてくれたものか……三次郎としてもはなはだ心もとない。

「わとさんは楽しみではないのですか」

「三河島の御前と会うことができるのですか」

「幕臣の間では、伝説のご仁なのでしょう」

「我らでは近寄ることもできないお方でございます。なにせ……」

三次郎はここで口をつぐんだ。

「もし、家基公のご子息というのが本当であったなら、次の将軍になるかもしれませんしね」

「そうですよ」

「それなら、なおのこと楽しみではないですか。そのような人には、滅多《めった》にお目にかかれないのでしょう?」

「それは……そのとおりですね」

「ならば、もっと胸を張りなさい」

これも、業平特有の励まし方なのか、不思議と三次郎の気も楽になり、胸を張ったところで、

「御前、どうぞ」

引き戸が開き、津坂の声がした。

すると、三次郎はたちまちにして口の中がからからとなり、あわてて部屋の隅で平伏《へいふく》する。一方の業平は、余裕の笑みを浮かべ待ちかまえている。

「失礼します」

それは明晰《めいせき》な声音《こわね》だった。

三次郎がわずかに顔をあげると、三河島の御前こと守屋貞斎は、錦《にしき》の小袖に黒《くろ》縮緬《ちりめん》の羽織を重ね、袴も錦であった。

髪は結わず、肩まで垂らしている。髪には多少、白いものが混じっているが、肌は艶《つや》めき、とても今年還暦《かんれき》を迎えた老人とは思えない。

切れ長の双眸《そうぼう》には力があり、鼻筋が通った面差《おもざ》しは、高貴な血筋を思わせる品が漂っていた。

ほのかに感じる上品な白檀《びゃくだん》の香りからすると、匂い袋を着物にひそませているようだ。貞斎は業平の前に座ると、

「守屋貞斎にございます。以後、お見知りおきのほどを」

と、張りのある凛《りん》とした声で挨拶をした。

いくら将軍の血筋を引いていると噂されようが、官位は従四位下侍従、幕臣に

あっては老中や高家並みの官位とはいえ、業平よりは低い。

「飛鳥業平です」

業平はにっこり微笑《ほほえ》んだ。

貞斎は津坂に向き、

「厄介《やっかい》なことになったものじゃな」

津坂は頭を垂れ、

「せっかく御前にご配慮いただきましたものを」

ひとしきり詫びの言葉を述べる。

「下手人は捕らえたのか」

「いえ、それが……」

津坂は顔をしかめた。

そこで業平が、

「下手人はわたしがあげます」

と、けろっと言ったものだから、貞斎はしばらく口を閉じ、業平を見つめた。

それから、

「中納言さまが」

と、津坂に向いたのは、説明を求めたのだろうが、業平は津坂が口を開くより先に、

「わたしが買って出たのです。わたしに全阿弥殺しの下手人をあげさせよ、と」

「それはまた、いかなるわけにございますか」

「おもしろそうだからですよ」

業平に悪びれた様子は微塵《みじん》もない。

「また、お戯《たわむ》れを」

貞斎が薄笑いを浮かべると、津坂が口をはさんだ。

「中納言さまは、江戸にいらして以来、たびたび町方の事件を落着に導いておられるのです」

ほほう、と貞斎は軽くうなずくと、

「先だっての向田松左衛門の隠居所での騒ぎ、春に起きた旗本屋敷での騒動に、都の公家がかかわっているらしいと耳にしましたが……それが、飛鳥中納言さまでいらっしゃいましたか」

「そうです」

別段、誇ることもなく、業平が答えた。

「なるほど、公家さま同心というわけですな」

「わとさん、いや、南町奉行所の和藤田三次郎の手伝いで、うまくやっております。今回も和藤田に手助けをしてもらいますよ」

業平に視線を向けられ、

「み、南町奉行所、ど、同心、和藤田三次郎で、ございます」

三次郎は緊張のあまり、言葉を噛んでしまった。

「それで、八丁堀同心がおるというわけか」

貞斎は、ここでやっと三次郎の存在に気がついたようだ。

「そういうわけですから、まずは貞斎殿に、全阿弥についてお聞きしましょうか」

業平の言葉を受け、貞斎の目が光を帯びた。それは、どこか挑戦的な感じがした。

四

貞斎は、光らせた瞳を瞬時に落ち着かせると、

「全阿弥は、我が屋敷に永年にわたって仕えておる経阿弥《きょうあみ》の弟子。二十一歳とまだ歳若い身でありながら、その舞は見事なものと思い、水戸家にご推挙申しあげた次第。水戸家は、かつて光圀《みつくに》公が御みずから能を舞われたほどの御家。その水戸家ならば、全阿弥の才覚も大輪の花を咲かせるものと思いましてな」

「それは残念なことをしましたな」

業平は、これには心持ち悲嘆な気持ちをこめた。

「まこと、能に対する情熱はたいしたものでござった。本日まいりましたのも、ご推挙した手前、気になりましてな。まさか、様子を見に参上した矢先に、このような悲劇が待ちかまえていようとは」

「御前におかれましては格別の配慮、感謝の言葉も申すことができませぬ」

津坂が深く頭を垂れた。

そこへ、さきほどの藩士が入ってきた。何事か報告を受けた津坂が、業平に向かって、

「本日、台所で働いておりました女中を集めました」

「そうですか、ならば」

いったん腰を浮かしたものの、業平は三次郎に視線を向け、

「わとさん、あなたにまかせます」

てっきり、業平みずからが取り調べにあたるものと思っていただけに、意外な命令だった。きっと、業平なりの意図があるのだろう。おそらく、目の前の貞斎に、よほど興味を抱いたのではないか。

「承知つかまつりました」

三次郎は腰をあげ、藩士の案内で楽屋を出ると、向かいにある台所棟へ向かった。

「下手人は見つかり申したか」

藩士は、大番役の桑野《くわの》兵五郎《へいごろう》と名乗った。真っ黒く日に焼け、引きしまった顔をした男である。全身から覇気が感じられ、いかにも武芸の達者ぶりが伝わってきた。

「いえ、まだでございます」

「和藤田殿は、南町奉行所で飛鳥中納言さまの掛と聞き及びましたが」

「そうです」

三次郎が返事をすると、桑野はしばらく口をつぐんでいたが、

「大変でござろう」

その物言いには、同情と好奇心が入り混じっていた。

「そんなことはございません。大変な名誉と存じております」

「これは、ご無礼申しました。飛鳥中納言さまは、少々風変わりなお方と聞き及んでおりましたので」

少々ではない、と内心で言い返したところで、

「どうぞ」

と、桑野に台所の引き戸を開けられた。

小上がりになった板敷きに、三人の女中が座っている。神妙な顔で三次郎を見あげるその顔は、降って湧いた殺しなどという、おおよそ自分たちの人生には無縁の凶事に遭遇してしまった恐怖と戸惑いを、如実《にょじつ》に物語っていた。

三人はいずれも水戸領内の庄屋の娘で、行儀見習いとして奉公にあがっているという。

三次郎は努めてにこやかな顔で、

「そんなにかたくならなくてもいいぞ」

そう言われたものの、三人は緊張の面持ちを変えることはなかった。

三次郎は世間話などで気持ちをほぐそうとしたが、その努力は報われることは

なく、女中たちから親しみを抱かれることはなかった。

しかし、それでも、たどたどしいやりとりのなかで判明したのは、以下のことである。

女中たちは、昼九つ半までここで働いていた。その間、全阿弥が楽屋から出て舞台に歩いていき、舞台で能を舞ったことを目撃した。

「つまり、九つ半までは、全阿弥殿は生きておられたということだな」

三次郎が確認を求めると、三人はお互いの顔を見合わせ、こくりとうなずく。

「久美殿が楽屋に食膳の片付けにいったのが、それから四半刻ほどあとのこと。その四半刻ほどの間に、全阿弥殿は殺されたことになる……」

独り言をつぶやく三次郎に、三人はきょとんとしている。なかには、殺しという言葉に敏感に反応し、頬を引きつらせる者もいた。

そこへ、桑野が、男を伴って入ってきた。三次郎が、女中たちにもう出ていっていいことを告げると、三人はここでやっと表情を和らげた。

桑野が連れてきたのは、門の番士である。

毅然《きぜん》とした、いかにも御三家水戸家の誇りを体現したかのような態度で、昼九つから全阿弥の亡骸が発見されるまでの間、門を通って中に入ったのは、三人の女中と久美だけであることを告げた。

「間違いありませんね」

三次郎は念押しをしたつもりが、番士は自分が疑われたと受け取ったようだ。

「間違いございません」

と、強い口調で返された。


一方の業平は――。

「ところで、貞斎殿」

業平が、悪戯《いたずら》っぽい笑みを投げかけると、貞斎も笑みで応じ、

「なんでござろう」

「貞斎殿は、亡き家基公のご落胤なのですか」

業平のあまりに直截な問いかけは、部屋の中を凍りつかせた。津坂は言葉が発せられず、口をもごもごとさせ、明後日《あさって》の方角を見ている。

貞斎は笑みを消し、業平の顔をまじまじと見つめた。

「まずいことを聞きましたか」

業平は首をひねった。

威厳を保とうとしたのか、貞斎は笑みを取り戻し、

「中納言さまは、ずいぶんとお戯《たわむ》れがお好きなようじゃ」

と、津坂に視線を投げた。津坂も、

「まさしく……なんと申しましょうか、都風とでも申したらよいのでしょうか」

ここは笑って誤魔化せとばかりに、にこやかな顔を繕《つくろ》った。

貞斎は表情を引き締め、

「そのような噂が立っておることは、わたしの耳にも達しております。しかしながら、わたしは養父、守屋貞一郎《ていいちろう》しか存じませんでな。また、養父をこそ、父と慕《した》って育ちました。実の父はさて……養父もあえてわたしに告げることなく、世を去ってしまいました」

「ま、それ以上は聞きません」

業平がそれ以上、踏みこもうとしなかったため、津坂はほっとした表情を浮かべた。

貞斎は、

「中納言さまも一度、当屋敷にお渡りくだされ」

「ぜひ、そうさせていただきます」

「江戸はずいぶんと見物をなさいましたか」

「まあ、それなりに」

「都が懐《なつ》かしくはございませんか」

「そう思うこともありますが、なにせ江戸は広い。まだまだ見物してみたいところがたくさんあります。それに、おもしろい町人もたくさんおりますので、都を懐かしむ気持ちにはなりません」

「それは頼もしい」

「ただ、味噌《みそ》、醬油《しょうゆ》の類《たぐい》はどうしても馴染めません。都風でないといけませんね。幸い、家主の大和屋が、都から味噌醬油を取り寄せてくれますから、不自由はないのですが」

「味噌、醬油というものは、生まれ育った土地のものが、いちばんでございますな」

「さようです」

それからも、ふたりは世間話を交わした。ぎすぎすとしたやりとりは、最初の貞斎の出自に関するものだけで、あとはなごやかなうちに、時が過ぎていった。

津坂も安心した表情で、話に加わった。

そこへ、三次郎が戻ってきた。

「わとさん、なにかわかりましたか」

「女中たちと番士に話を聞きました」

三次郎が答えると、貞斎も興味深そうな顔をした。

「まず、番士の証言によりますと、昼九つから久美殿が全阿弥殿の亡骸を見つけるまでの間、門を出入りしたのは全阿弥殿をのぞけば、三人の女中と久美殿だけです」

業平は思案するように目をつむった。

「それから、台所女中三人の証言では、昼九つ半、全阿弥殿は楽屋から舞台に向かわれ、舞台で能を舞っておられたそうです。その直後、三人は台所をさがりました。ですから、全阿弥殿は九つ半から久美殿が見つけるまでの間、四半刻ほどの間に殺されたことになります」

「そういうことですか」

業平は目を開けた。

「わとさん、それで……」

「以上ですが」

三次郎は戸惑う。

「そうではなくて、あなたの考えを聞いているのですよ」

「下手人は誰かということでございますか」

「あたりまえです」

「それは……煙《けむり》のように消えたとしか思えません」

体裁《ていさい》の悪さから、三次郎は頭を掻《か》いてしまった。

「そうですか」

業平は意外にも怒りはしなかった。

「これは難問ですな」

貞斎が口をはさんだ。

五

「貞斎殿もすっかり興味を抱かれたようですね」

業平は愉快そうだ。

「殺されたのが、わたしが推挙した能楽師ですから。それに、聞いてみますと、はなはだ奇妙な様子。つい、年甲斐《としがい》もなく興味を抱いてしまいました」

　すると、津坂が困った顔で、

「御前、このようなことになりまして、あらためてお詫び申しあげます」

　それでも貞斎は、いや興味深いぞ、などと鷹揚《おうよう》に応える。

「では、絵解きにまいりましょうか」

　突然、業平が腰をあげた。

「どこへ行かれるのですか」

　津坂が危《あや》ぶむと、

「決まっているでしょう。もう一度、現場を見るのですよ。貞斎殿は、まだご覧になっていないのですね」

「そうですな。まいりましょうか」

　貞斎もいたく乗り気である。

　業平は軽やかな足取りで楽屋を出た。腰をあげた貞斎が、津坂の耳元で、

「聞きしに勝《まさ》る、風変わりなお公家さまじゃな」

　と、ささやくのが聞こえた。津坂はそれには答えず、

「こちらでございます」

と、先に立って案内をする。

警護の侍を代表して桑野が立ち会うこととなり、業平は楽屋の前に立つと、

「わとさん、箒《ほうき》を借りてきなさい」

「掃除ならわたしが」

三次郎は言ったが、

「いいから借りてきなさい。貞斎殿と津坂殿は、ここで待っていてください」

三次郎が台所から箒を持って戻ってくると、業平はそれを受け取り、楽屋から舞台にまで延びる全阿弥の足跡の周囲を、箒でなぞりながら丸く囲った。

そして、

「いいですか、ここから中に入ってはいけませんよ」

と、念押しをする。津坂が貞斎に足跡の説明をして、貞斎は興味深そうな目で足跡を見ていた。

作業を終えた業平が戻ってきて、

「全阿弥殺しは、この足跡が残っているから厄介なのです。ずっと雨が降っていたなら、この足跡も消えていたでしょう。そうであれば、摩訶不思議な状況は生まれなかったのです」

不思議に思ったのか、貞斎が、

「全阿弥の足跡しか残っていないということは、全阿弥以外に舞台に向かった者はいないのですな。しかし、全阿弥は殺された……いったい、どうやって殺されたのでしょう」

「貞斎殿が申された足跡の件も謎めいておりますが、それに加えてそもそも、ここに出入りした者が、久美と三人の女中しかいないというのも大きな謎です」

「まさしく」

津坂もうなずく。

「三人の女中は、台所で働いていたことがわかっております。意識はせずとも、お互いが舞台には行っていないことを確認しあってます。下手人から除外してもいいでしょう。ということは、下手人は久美ということになりますね」

業平は早々に結論づけた。

だが、三次郎にはそれは受け入れがたいものだった。

久美の清楚《せいそ》な人柄がそう思わせるのと同時に、そもそも不可能だという気がする。いったいどうやって舞台に行き、全阿弥を刺し、舞台から去ったのか。

久美の足跡はないのだ。

「お言葉ですが、それはどうなのでしょう」

たまらず、三次郎は異をとなえた。

「わとさん、不満なようですね」

「久美殿が、いったいどうやって全阿弥を殺したというのですか。まさか、舞台まで飛んでいったのですか」

「それを、これから考えるのですよ」

業平はいつもの涼しい顔である。

「方法もわからないうちから、久美殿を下手人と決めつけておられるのですか」

「決めつけてはいません。ですが、下手人はかならずいるのですから、ここはまず久美を下手人としてみるのです」

それでは久美が気の毒だし、いかにも無責任である。いくら業平でも、あまりに無法ではないか。なんだか、無性に腹が立った。

「だからといって、久美殿を下手人にすることはないでしょう」

「そうですか……では、いまの段階では、単に下手人と呼ぶことにしましょう」

業平は、けろりとしたものだ。こうなると、腹を立てたのが馬鹿馬鹿しくなる。

そんな三次郎の気持ちなど察する気もないように、業平は貞斎に向かって、

「貞斎殿はどのようにお考えになりますか」

「さて、そうですな。竹馬などを使ったというのはいかがでしょう」

「なるほど、竹馬ですか」

業平は嬉しそうに言うと、全阿弥の足跡のまわりを歩きながら、

「いい考えですが、それらしき跡は見あたりません」

すっかり興味をそそられたのか、貞斎も業平についてまわった。

「なるほど、これはまた見事に、全阿弥の足跡しか残っておりませんな」

となると、どうやって下手人は舞台を往復したのかが、あらためて気になるところである。

「これは、もしかして」

そこで、三次郎は思わず大きな声を出した。

「なんですか」

「いいえ、やっぱり無理ですね」

業平の問いに、三次郎が考えを引っこめようとするのを、

「いいから話しなさい」

「雨戸を並べて、その上を通ったと思ったのですが……」

するとと業平は声をあげて笑い、

「まさか、そのようなことあるはずもありません。どこにも、そんな跡はありませんよ」

三次郎は顔が真っ赤になった。

「ですから、間違いだと思ったのです」

だが、業平はそれで済ませるつもりはないようだ。

「そもそも、そんな手間をかける必要がどこにあるのです」

こうなると、業平はしつこい。そのことを知っている三次郎は、自分の思いつきの発言を激しく悔いた。

「おっしゃるとおりです。ですから、わたしも考えを述べずにいたのです」

三次郎は顔から火が出る思いだ。

「となりますと」

気持ちを切り替えるように、業平は全阿弥の足跡に視線をそそいだ。もはや、三次郎の意見には興味を失ったようである。

「こういうことは考えられませんか」

そこで、またも貞斎が言いだした。

貞斎には遠慮が先に立つのか、業平も真面目な顔で、

「お聞かせください」

「いや、なに、ほんの思いつきなのですが」

貞斎が足跡のかたわらに立った。それからおもむろに、

「下手人は、この足跡の上をたどって、往復したのではございませんか」

これには津坂と三次郎が、口々に賛同した。

「それは十分に考えられます」

「そう考えれば辻褄《つじつま》が合いますよ」

ふたりの応援に気をよくしたのか、貞斎は全阿弥の足跡の横に立つと、舞台まで歩いていった。全阿弥の足跡の横に、貞斎の足跡がくっきりと刻まれていく。

血筋がそうさせるのか、貞斎の歩く姿には品のようなものが感じられる。

貞斎は舞台の階《きざはし》まで行き、軽やかな足どりでのぼると、こちらを振り返った。

「こうしてここまでやってきた下手人は、全阿弥の背中を刺し……」

そう言って、扇子《せんす》を使って短刀で突き刺す格好をし、ふたたび階をおりると、背中を向けて後ろ向きに立った。そして、楽屋から舞台まで、ひと筋に連《つら》なっているみずからの足跡の上を歩きはじめる。

後ろ向きのため、舞台に向かったときのように軽やかな足どりというわけにはいかなかったが、それでもさして手間取ることなく戻ってきた。

津坂が、

「さすがは御前。たちまちにして下手人の企《たくら》みを見破られました」

貞斎は津坂の追従には乗らず、

「中納言さま、わたしの考えには賛同くださらぬご様子ですな」

貞斎が言うように、業平は冴《さ》えない表情である。

「そうなのです。すっきりとしません」

「どういうことなのでしょう」

「みなさん、来てください」

業平に導かれ、貞斎、津坂、三次郎がついていく。

「よく見てください」

業平が、貞斎の足跡を指差した。三人の視線が集まる。

「貞斎殿は、慎重な足どりでこの足跡の上を戻られたのですが、それでも、いくつかの足跡はずれが生じております。足跡の上に足跡が重なっていることが、はっきりと読み取れるのです」

たしかに業平の指摘どおりである。足跡には微妙なずれがあった。

「下手人は、そこのところはうまくやったのではございませんか」

津坂の言葉にも、業平は納得がいかぬようだ。

「それは考えにくいですね。殺しをした直後なのです。寸分も違《たが》わず正確な動きなどできるものでしょうか」

「それは一理ありますな。いや……」

いったんは受け入れたものの、貞斎はそれからおもむろに、

「女であれば」

と、言葉を発した。

六

「……女であれば、全阿弥の足跡に、その女の足跡がすっぽりとおさまる。したがって、このようなことはない」

あえて久美の名は出さなかったが、貞斎の指摘が久美を指すのはあきらかである。

「それでは、久美をもう一度呼んで試《ため》してみましょう」

業平の言葉を受け、津坂が桑野に命じる。

そのとき桑野の目に、わずかだが躊躇《ためら》いの色が浮かんだ。

「早く呼んでまいれ」

津坂にうながされ、ようやく桑野は立ち去った。

「やはり、久美の仕業《しわざ》なのでしょうか」

沈んだ様子の津坂が問いかける。

「それはどうでしょう」

業平の声は乾いていた。

やがて、桑野に伴われて久美がやってくると、業平は、

「久美殿、唐突ですが、この足跡の上を歩いて舞台まで往復してください」

「はあ……」

久美が戸惑うのも無理はない。突然、そんな突拍子もないことを言われても驚くばかりだろう。

「さあ、やりなさい」

それでも、業平は平然と命じる。

逆らうことはできないと判断したのだろう、久美は草履を脱ぐと白足袋《しろたび》になって、全阿弥の足跡の上に乗った。そして、そのまま能舞台へと歩く。

全阿弥の歩幅に合わせているためか、久美の身体は均衡《きんこう》を欠いたが、それでも舞台の階《きざはし》に至り、そこで振り返る。

表情は遠目にも曇っていた。

「では、そこで足袋を脱ぎなさい」

業平は大きな声で命じる。それから、貞斎たちに向かって、

「舞台に泥はありませんでしたからね」

と、足袋を脱がせた意味を説明する。みな、一様にうなずいた。

久美は腰をかがめ、足袋を脱いだ。そしてそれを持ち、今度はなにをすればいいのか指示をあおぐような顔をした。

「では、今度は後ろ向きになって、足跡の上を踏みながら戻ってきてください」

くるりと背中を向けた久美が、言われたとおりに、全阿弥の足跡の上を裸足で踏みながら後ろ向きに歩いてくる。後退ということで往路よりも時を要し、ときおり身体をよろめかせたが、どうにか戻ってくることができた。

「ここで待っていなさい」

業平は言うと、貞斎たちを連れて、久美の足跡の確認に向かった。ゆっくりと舞台まで延びる足跡を見る。

「今度は、すっぽりと全阿弥の足跡の中におさまっておりますね」

「いかにも」

津坂の言葉に、貞斎も応じる。

「そのようですね」

業平も異はとなえなかった。

「では、下手人は久美ということですか」

津坂が横目に久美のほうを見た。久美は裸足のまま、たたずんでいる。その姿は、なんとも哀れであった。

だが、業平は首を横に振り、

「久美ならば、全阿弥の足跡の上を踏んで舞台を往復できた、ということをあきらかにしたにすぎません」

「だから、下手人ということにはならないのでしょうか」

久美に同情的な三次郎も、怪訝そうな津坂の台詞と同じことを思った。

「考えてみてください。もし、久美が自分の足跡の上を踏んで舞台にやってきたとしたら、全阿弥はどう思うでしょう。きっと、不審がるでしょうね。いったいなにをしに来たのだ、と。少なくとも、まっとうな理由で来たわけではないと思うでしょう。かならず身構えます。よもや、そんな者に対して、背中を向けるようなことがあるでしょうか」

　業平が自説を淡々と述べたてた。

「たしかに、さもありなんですな」

　貞斎が深々《ふかぶか》とうなずき、三次郎も、なるほど、と得心する。

　ところが津坂ひとりは、

「なんらかの口実を設けて、油断させたのかもしれません。そうして、背中を向けたところを」

　扇子で刺す真似をした。

「考えられなくはありませんが、ほとんど可能性はありませんね。舞台には、侵入者の痕跡はありませんでした。久美が襲いかかったとしたら、なにか跡が残るはずです。裸足でも、足跡や土、砂が残っているとか……ところが、そういったものはいっさいありません」

　業平は、天眼鏡を取りだし、にやりとした。

天眼鏡に興味を示した貞斎だったが、それには言及することなく、

「では、中納言さまは、久美が下手人ではないとお考えなのですな」

これには人を食ったような笑みを浮かべ、

「わたしはそう申しておるのではないのです」

例によって、つかみどころのない業平の態度である。

三次郎と違い、慣れていない津坂が苛立《いらだ》ちを必死でおさえながら、

「おっしゃることがよくわかりませんが」

「わかりませんか。そんなはずはないのですがね。わたしの言葉は明瞭ですから。

久美は、全阿弥の足跡を踏んで楽屋と舞台を往復し、全阿弥を殺《あや》めたのではない、
と申しておるのです」

「他の手法を取ったかもしれないということですか」

ようやく得心がいったように、津坂が言った。

「そういうことです」

「しかし、ほかの手段となりますと……」

業平はそれには答えず、

「依然、久美が下手人であることは否定できません。なぜなら、全阿弥が舞台で

生きている姿を目撃されてから、門を出入りした唯一の人間なのですから」

するると津坂が、

「このうえは久美を捕らえ、自白させるのが早道というものでしょうか」

と、久美に視線を投げかける。

当の久美は、怯えたように立ち尽くしたままだ。

津坂の目線で、少し離れたところに控えていた桑野が、急ぎ足でやってきた。

「そなた、久美を離れの座敷に閉じこめよ」

「で、では、久美殿が全阿弥を……」

桑野は大きく目を見開いた。

「そうじゃ、早くせよ」

津坂の声に苛立ちが滲《にじ》む。

すると――。

「……全阿弥を殺したのは、それがしでございます」

桑野が太い声で告げた。

「なんと」

津坂は驚きの表情となったが、業平は澄まし顔である。貞斎は探るような目で桑野を見ていた。

「貴様、正気か」

津坂は動揺を隠せないようだ。

三河島の御前こと守屋貞斎が、水戸家のために遣わした能楽師を、水戸藩士が殺《あや》めたのである。それも、貞斎の眼前でその罪を白状されるに及んでは、立つ瀬がないであろう。

だが、そんな津坂の思惑など、桑野はかまわないといった様子で、

「わかっております。わたしが全阿弥殿を殺しました」

腰から大小を鞘ごと抜くと、地べたにそっと置いた。

「いったい、なぜそのようなことを……」

津坂が糾弾に及ぼうとしたとき、

「どうやって殺したのですか」

業平は澄まし顔のまま聞いた。

「いまはそんなことより……」

津坂の抗《あらが》いも、業平の耳には届かない。

「いや、わしもそのことに興味を抱くのじゃ」

　貞斎も賛同したものだから、津坂がむっつりと黙りこむ。

「いままでのみなさま方のやりとりを耳にしまして、足跡の一件が問題になっておるのが、内心ではおかしくてなりませんでした」

　桑野は不遜《ふそん》とも思える発言をした。津坂は顔をしかめたが、業平は目をしばたたき、気にもしていないようだ。

「そうですか、どうやったのですか」

　純粋な好奇の色を浮かべる業平に、桑野は一礼をしてから、

「わたしは、番士の目を盗み、築地塀からここに侵入しました。台所棟に近づき、格子窓からのぞきますと、幸い、台所女中の姿はありません。そこで、楽屋から短刀を持ちだして台所の前に立ち、全阿弥殿が背中を見せたときに、短刀を放ったのです」

「ほう、投げた」

　業平はいかにも感心したように言った。そこで、津坂が言葉を添える。

「たしかに、桑野は武芸に関しまして、藩内でも指折りの男にございます。ことに手裏剣術《しゅりけん》には定評があります」

「手裏剣術……それはおもろそうや」

京言葉を使ったからには、業平の好奇心は大きく渦巻いているだろう。

――そうなったら、誰もおさえられんぞ。

三次郎は危《あや》ぶんだ。

七

「見せてください」

三次郎の読みは的中し、業平はこともなげに言った。

「いや、これは、いくらなんでも」

津坂のあわてぶりに、貞斎がおかしそうに含み笑いを漏らす。

当の桑野はもっとも困惑《こんわく》し、

「この場で、でございますか」

「そうですよ」

業平は当然とばかりに答える。

これには、さすがに津坂が異を唱えた。

「万が一ということもございます」

奥歯に物のはさまったような言い方だが、つまりは、この場で、桑野に刃物を使わせたくないのだろう。

それは、業平も察しているようで、

「大丈夫ですよ。桑野さんは覚悟を決めているのです。よもや、我らに危害を加えることなどなさるはずがありません。そうですよね、桑野さん」

まるで朋輩《ほうばい》に対するような親しさが、業平の表情にはあった。

「中納言さまの仰せのごとくでございます」

桑野の言葉には、真摯《しんし》さが感じられた。津坂が貞斎に視線を向けると、

「わたしとてかまわん。いやむしろ、中納言さま同様、桑野の技を見てみたい」

貞斎も納得した以上、津坂も反対はできず、

「ならば、そなたが全阿弥を殺した技を披露してみせい」

桑野は地に片膝をつき、

「承知つかまつりました」

深々と頭をさげ、次いで、地べたに置いた大刀を引き寄せる。

とはいえ、三次郎としては気が気ではない。万が一、桑野の刃が業平に向けられたら……だが、当の業平は、まるで大道芸を見物するように、爪先立ちで首を

伸ばしている。

桑野は大刀の柄から小柄《こづか》を取りだし、腰をあげた。

「では」

そして、敏捷な動きで台所の前に立った。

そこで業平が、

「違います」

と、大きな声を発する。

桑野が反射的に振り返り、

「お言葉ですが、わたしはこのように、台所の前から全阿弥殿を狙ったのです」

いかにも心外と言わんばかりだ。

「そうではありません。わたしがお願いしているのは、全阿弥殿殺害の様子を、再現していただきたいということです。ですから、あなたが築地塀を越えて、ここに入るところからお願いしたいのですよ」

業平の言葉に、貞斎も、もっともじゃな、とうなずく。

「承知いたしました」

桑野の了承を受け、業平は、ふと思いついたように、

「この際です。全阿弥殿を殺した短刀を用意し、楽屋の中に入れておくとしましょう」

津坂はうなずき、警護の侍を呼ぶと、全阿弥の亡骸から短刀を回収するよう命じた。

「あとは全阿弥の役柄が必要ですね」

そこで、三次郎は嫌な予感に襲われた。

——どうか予感が外れてくれ……。

心の中で念じたが、その祈りも虚《むな》しく、

「わと損」

それは間違いなく、「わと損」と三次郎の耳には届いた。

「わと損、聞こえませんか」

「すみません。考え事をしておりましたので」

「あなた、全阿弥になりなさい」

「わたしは能を舞うことはできませんが」

精一杯の抵抗をしてみたが、

「能を演ずる必要なんてありませんよ。ただ、背中を向けて、後座に向かって歩いていけばよいのです」

「ですが、短刀が背中に刺さりますと……」

「その心配はありますね。なにか防御をすればいいでしょう」

業平がこともなげに言うと、桑野が、

「ならば、鎖帷子《くさりかたびら》をお貸し申す。それと、板切れを忍ばせればよいでしょう」

「それなら大丈夫ですね」

——なんで、飛鳥殿にそんなことがわかるのだ。短刀が貫《つらぬ》いたらどうするつもりだ……。

そう言いたかったが、三次郎としては逆らえない。

結局、業平は能衣装も望んだが、それは間に合わず、八丁堀同心の格好のまま、三次郎は全阿弥を演ずることになった。

桑野が鎖帷子を取りに門を出て、三次郎がそれに付き添った。

業平は楽屋を見て、なぜかにやりとした……。

しばらくのあと、業平、貞斎、津坂の三人は門の前に立った。

「いいですよ。はじめてください」

業平の合図で、松の陰にひそんでいた桑野が松の枝に飛び乗り、次いで築地塀の屋根瓦に飛び移ると、そのまま中に飛びおりた。

「見事なもんやな。ましらのごとしや」

感嘆の言葉とともに、業平は門を入った。貞斎と津坂が続くと、そこに桑野が待っていた。

「では、楽屋に向かいます」

桑野が言ったとき、

「どうして、楽屋へ行ったのですか。全阿弥は舞台にいたのですよ」

業平が舞台を指差した。そこでは、三次郎がこちらを向いて立っている。

その顔は引きつり、これから演じなければならない役目の憂鬱《ゆううつ》さを、表情に貼りつかせていた。

桑野は言葉に詰まり、目を伏せたが、

「久美殿が心配になったのです」

「どうしてですか」

「久美殿は、全阿弥から無礼な振る舞いを受けておりました。本日も、全阿弥の給仕に向かうことを嫌がっておったのです。ですから、わたしは楽屋をのぞこうと思いました」

「それは、あなたが久美に想いを寄せているからですか」

業平が、ずばり切りこんだ。

もはや、桑野は躊躇《ためら》わない。

「はい」

その言葉はしっかりとして、凛《りん》としたものだった。それから、

「楽屋には、久美殿はおりませんでした。ただ、そこに短刀がありました。その短刀を見た途端、わたしは全阿弥に対する憎しみを、おさえることができなくなったのです」

全阿弥に対する怒りを思いだしたのか、桑野の目に、めらめらと炎が立ちのぼった。

「なるほど……それほど久美への想いが深いとは」

しきりと感心する業平だったが、気を取り直したように、

「すみません、止め立てをしてしまいましたね。どうぞ、続きをおこなってください」

「承知いたしました」

桑野は緊張の面持ちのまま、楽屋に向かった。

そこで業平は、三次郎に向かって、

「わとさん、準備はいいですね」

「はい」

三次郎が、か細い声を返す。

「聞こえませんよ」

どうにも、業平は意地悪である。

「はい！」

大声を張りあげたが、それは自分でも、いかにも自棄《やけ》っぱちといった風に聞こえてしまう。

「心配いりませんから」

三次郎の心を読み取ったのか、業平はそう声をかけ、楽屋に入った。

中では、桑野が呆然《ぼうぜん》と立ち尽くしている。

「どうしたのですか」

業平が、桑野の背中に声を放った。

桑野の前には、短刀が十本ばかり並べられている。

「どうしたのです」

同じ台詞《せりふ》で、業平は問い直す。

「あの……」

十本の短刀に、桑野は視線を彷徨《さまよ》わせていた。

「ご自分が使った短刀を選んでください」

「それが……」

「早くしてください。和藤田は覚悟を決めて、舞台で待っているのですから」

すっかり口ごもってしまった桑野の表情は、虚《うつ》ろである。

「どうした、早くせんか」

津坂がたまりかねたように、口をはさんだ。

業平が静かな声音で問いかける。

「あなた、さきほど言いましたね。短刀を見た途端に、全阿弥に対する憎悪をおさえきれなくなった、と」

桑野は黙っている。

「あなたは短刀を使って、憎き全阿弥を殺したのでしょう。そんな短刀を、見忘れるはずはありませんね」

すると、桑野は意を決したように、十本のなかから一本を拾いあげた。

そして、無言で楽屋の外に出る。

舞台では、三次郎が目をつむり、背中を向けていた。小袖の下に鎖帷子を着込み、板で背中を防御しているとはいえ、恐怖が去るものではない。

桑野は武芸の達人……とくに手裏剣術においては水戸家随一と聞いても、首尾《しゅび》よく背中に刺さればいいが、首や後頭部を襲わぬともかぎらないのだ。

いくら達人でも、手元が狂うことだってあるだろう。

——勘弁してくれ。

飛鳥業平と知りあったことを、このときほど後悔したことはない。

八

台所に向かおうとした桑野を、

「もう、けっこうです。やめてください」

業平が、乾いた声で引き止めた。桑野の動きが、ぴたりと止まる。

舞台の三次郎が振り返ってみると、桑野の表情には、安堵《あんど》と戸惑いが入り混じっていた。

「その短刀ではありません」

無情にも、業平が宣告した。

その途端、桑野はがっくりとうなだれた。

「わとさん、もういいですよ。これでお仕舞いです」

三次郎は舞台の上にへたりこんだ。

「あなたが下手人というのは嘘ですね」

「申しわけございません」

地べたに両手をついた桑野に向かって、業平が問いを続ける。

「久美が下手人として捕縛されるのに耐えきれなくなり、みずから身代わりになろうと思った……そうですね」

「そのとおりです」

唇を嚙《か》んだ桑野に、津坂が、

「愚《おろ》か者め」

業平はそれには耳を貸さず、

「おかしいと思ったのですよ。あなたが手裏剣術を使って全阿弥を殺したというのは、いかにもおかしいのです。いいですか、全阿弥は表着を着て、楽屋から舞台に向かったのです。舞台ではそのまま翁を舞っていたことでしょう。ですから、短刀が刺さるのなら、表着の上からでなくてはなりません。しかし、亡骸は表着を脱いでいました。表着が脱がれた状態で刺されていたのです。短刀を投げたのでは、こんなことは起きません」

「すると、下手人はいったい誰なのですか」

津坂の問いに業平は、

「久美以外には考えられませんね」

「では、久美はどのような手法で全阿弥を殺したのですか」

「おそらくは、楽屋の中で刺したのでしょう」

「しかし、全阿弥は舞台の上で殺されていたのです」

「ですから、楽屋で殺して、それを背負って舞台まで運んだ……」

珍しく、業平の言葉には自信が感じられない。

「久美のか細さで、全阿弥を担《かつ》ぐなどできるものでしょうか。それに、そんな大変な思いをして、全阿弥の亡骸を運ぶ必要があったのでしょうか」

案の定、津坂に矛盾《むじゅん》を突かれる。業平自身もそう思っていたようで、

「そのとおりなのです」

業平が顔を雲らせたとき、突如《とつじょ》として久美が走り寄ってきた。

「わたくしでございます。わたしが全阿弥さまを殺しました。桑野さまではございません」

久美は必死に訴えかける。

「どのようにですか」

「楽屋で、全阿弥さまは、わたしにご無体《むたい》な振る舞いをなさいました。わたくしはたまらず……脇にあった短刀で、背中を突き刺したのです」

「それから」

「それだけです」

すると、それまで沈黙を守っていた貞斎が、

「ならば、全阿弥の亡骸が舞台まで歩いていったと申すのか」

と、哄笑《こうしょう》を放った。

「どうなのだ？」

津坂が問いを重ねる。

「それからのことはわかりません。わたくしは、そのまま楽屋を出ていきました。

でも心配になって膳をさげにきたとき、舞台で全阿弥さまが倒れていたのです」

久美の言葉に嘘はないように思える。

「そんな馬鹿な」

馬鹿にしたように貞斎は横を向くと、

「そうです。それですよ」

突然、業平が大きな声をあげた。それればかりではない。なんと、手を打って踊りだしたのである。その奇矯《ききよう》な行動を、みな啞然《あぜん》と見つめていたが、

「なにが……それなのですか」

津坂が怪訝な表情で聞いた。それは、三次郎とて同じ思いである。横目で貞斎を見ると、すっかり鼻白んでいた。

業平がわけのわからないことを言いだすのは、いまにはじまったわけではないが、このときばかりは度が過ぎているように思えた。

――まさか、頭がおかしくなったのか。

そんなはずはないだろうが、業平のはしゃぎようは異常である。

みなの視線を感じたのか、業平は表情を落ち着かせ、

「わかりましたよ」

そう言われても、誰も返事を返せない。三次郎は、業平に視線を向けられ、

「なにがおわかりになったのですか」

「決まっているでしょう。全阿弥殺しの真相ですよ。全阿弥を殺した下手人が、煙のように消えた理由がわかったのです」

「ほ、本当ですか」

三次郎が声をうわずらせると、

「本当ですよ」

業平は澄まし顔である。

「では、我らにもわかるようにご説明くだされ」

貞斎が業平の前に立つと、ここで業平は真顔になり、

「全阿弥は、自分が刺されたことに気がつかなかったのです」

業平の言うことは、ますます不可解である。

貞斎が三次郎を見た。業平の相手をせよ、と目で言っているようだ。

「畏れ入りますが、わたしにもわかりますよう、順序立ててご説明ください」

三次郎はあえて、「我ら」と言わず、「わたし」と称した。

「そうですね……わたしとしたことが興奮のあまり、我を忘れてしまったようで

す」

業平が声の調子を落とし、みなが耳を澄ます。

「長崎で医術修行をしてきたという蘭方医《らんぽうい》から、万国検死録《ばんこくけんしろく》という書物を見せられたことがあります。西洋でおこなわれた検死の記録なのですが、そこに変わった死亡の記録が載っていました。仏蘭西《フランス》国のさる貴族が同僚の女房を寝取り、その恨みで殺されたのです」

貴族は背中を刺されて気を失い、目覚めたあとしばらく散歩をしてから死亡した。

「その貴族は刃物で刺されたのですが、刃物が傷口をふさぐ栓《せん》の役割を果たし、血は流れませんでした。ところが、身体の中では出血を起こしていたのです。人は多量に血を流すと、死に至ります」

「ということは……」

津坂がしぼりだすように言うと、業平は笑みを浮かべた。

「そうです。全阿弥にも、同じことが起こったのです。全阿弥は久美に刺され、わずかの間、気を失った。そのあと目を覚まし、表着を着て、能舞台に向かったのです。その様子は、台所から三人の女中によって目撃されています。そして、全阿弥は能舞台で翁を舞っていた。ところが、背中に違和感を抱いたのでしょう。表着を脱ぎ捨て、そこで絶命した……楽屋から能舞台まで、全阿弥の足跡しかなかったわけです」

業平が語り終えると、座敷を沈黙が覆った。

みな、業平の説明を自分なりに咀嚼《そしゃく》しているようだ。

その沈黙を破るように、

「お見事」

と、貞斎が賞賛の声をあげた。

津坂も、

「まさしく、快刀乱麻を断つ推量でございます」

三次郎も賛辞を贈ろうとしたが、久美の苦悩《くのう》する様子が目に入り、口をつぐんだ。おそらく久美は、いまさらながらに、自分が全阿弥を殺してしまったことを実感しているに違いない。

業平も久美を見て、

「能舞台で全阿弥が死んでいることに、いちばん驚いたのは久美だったでしょう。なぜ全阿弥が能舞台にいたのか、理解できなかったに違いありません。久美に対する裁きに、わたしは口を出す立場ではありませんが、あえて申します。寛大な裁きをお願いしたい」

そう言って、業平が津坂に視線を向けた。

「久美にすれば、己が身を守るつもりであったのでしょう。しかし、人を殺《あや》めたことに変わりはありません」

津坂のほうは、貞斎を気にしているようだ。それを業平は見透かしたのか、今度は貞斎に向かって、

「貞斎殿、いかがですか。久美を許すことはできませんか」

貞斎は眉間《みけん》に皺を刻み、しばらく考えこんだあと、

「わたしは、全阿弥に裏切られた思いがする。水戸家で能の修練を積み重ね、かならずや大輪の花を咲かせるものと期待しておったのだが、よりによって女中に手を出すとは……しかも、水戸家にまいってまだ十日ほどであるにもかかわらずだ。そんな男とは思わなかった。津坂、わたしに遠慮することはない」

「かたじけのうございます」

「わたしも中納言さま同様、久美に寛大な裁きを期待する」

言い終えると、貞斎は目元をゆるめた。

両手をつき、久美がすすり泣きを漏らした。それを見て、津坂は大きくうなずくと、

「お裁きは後日くだされるが、中納言さまと御前のご意見を考慮したお裁きになると思われるぞ」

久美がよりいっそう泣き声をあげる。

事件の落着を見届けると、業平が、

「ならば、わとさん。これで、失礼しましょう」

と、楽屋の引き戸を開けた。

強い日差しが差しこみ、業平は右手で庇《ひさし》を作って、

「梅雨が明けるのも近いですよ。もう夏ですね。江戸の夏は、京の都よりも過ごしやすいのでしょうか」

次いで、大きく伸びをした。

津坂と貞斎に一礼し、業平と三次郎は表に出た。

歩きだそうとすると、久美が追いかけてきた。

「中納言さま、本当にありがとうございます」

業平はやわらかな笑みを浮かべ、

「礼なら桑野さんに言いなさい。あの人は、命がけであなたを守ろうとしたのです。あの人の想いを受け入れよとは申しませんが、受け止めてあげなさい。よけいなことですがね」

そう言い残し、すたすたと歩きだした。

三次郎の胸に、さわやかな風が吹いた。

楽屋の中では貞斎が、

「飛鳥業平、思ったよりも手強《てごわ》そうじゃ」

と、つぶやいた。

その声はあまりに小さく、津坂の耳には届かなかった。

だが、貞斎の目が、直視できないほどの強い光を放っていることに、心のうちで違和感と恐れを抱いたのであった。

第三話　殺人魔現る

一

五月二十八日に両国の川開きがなされ、江戸は本格的な夏を迎えた。強い日差しが大地を焦《こ》がし、真っ青な空に入道雲が白く光っている。そんな酷《こく》暑《しょ》の日々、和藤田三次郎は眠れない夜を過ごしている。暑さで寝苦しいのに加え、生後三月《みつき》の娘、佳代《かよ》の夜泣きに悩まされているのだ。

暑さを凌《しの》ぎ、ようやく眠りに落ちたと思ったら、横でけたたましい泣き声が聞こえる。

そのたびに妻の雅恵《まさえ》があやしたり、乳をやったり、おしめを取り替えたりと悪戦苦闘する。

初めのうちは、大事な役目があるのだから眠らねばならないと自分に言い聞かせていたが、雅恵ばかりにまかせるのはかえって気にかかり、いまでは一緒におむつを替えたり、三次郎が佳代を寝かしつけたりしている。

「仏間で寝るようにします」

雅恵は夫の安眠を妨《さまた》げることに気を遣ってくれるが、

「親子はひとつの部屋で寝るものだ」

と、意地を張ったせいで、寝不足になった。

このため、ひさしぶりに奉行所に出仕したものの、詰所に入るなりあくびを漏らす始末。業平が水戸藩邸に行かない日は、こうして三次郎は不定期で奉行所に出仕している。

縁台に腰掛けたところで、ぽんと背中を叩かれ、

「いいなあ、暇《ひま》な男は。出仕早々、あくびか」

と、容赦のない言葉を投げかけられた。

同僚の荒川小平太《あらかわこへいた》である。

歳は三次郎と同じ二十八歳。細面《ほそおもて》で切れ長の目は一見、神経質そうに見えるのだが、その実はかなり大雑把《おおざっぱ》な性格で、相手の気持ちを斟酌《しんしゃく》せず、ずけずけとものを言うところがある。

だいたい、三次郎を「損次郎」などと呼びだしたのも、この荒川だ。

「暇じゃないさ」

夜、眠れないことを言いわけにしようと思った矢先、

「こっちは大変だよ」

荒川もあくびを漏らした。それからあわてて、

「言っとくが、暇であくびをしたわけじゃないぞ。寝不足なんだ。昨晩も夜まわりだったからな。人手が足りんのだ」

まるで、三次郎が悪いかのような言いぐさである。

「夜まわりとはどうしたんだ」

三次郎の問いかけに、荒川は顔をしかめて、

「これだから損次郎殿はいいよな。やんごとなきお公家さま相手に、貝合《かいあ》わせでもやっていればいいのだから」

「貝合わせなんかしていないよ」

三次郎がむっとすると、

「たとえだよ、たとえ。それより、おまえ、浦島太郎《うらしまたろう》だな。奉行所の状況が、全然わかっておらん」

それは、三次郎自身がもっとも気にしていることである。

水戸家の要請により、三次郎は業平の掛《かかり》となったのだが、その際、同僚たちや定町廻りの役目から離れることで、言いようのない不安と疎外感を抱いた。

筆頭同心の村上勝蔵《むらかみかつぞう》からは大変な名誉だと言われたものの、業平の掛となった当初は、そんな風に思うことはとてもできなかった。

業平とさまざまな事件にかかわるようになり、その人柄、行動に強く惹《ひ》かれたこともあって、いまでこそ不満や疎外感は払拭《ふっしょく》されたものの、こうして同僚から正面切って言われてみると、やはり仲間外れになった気がする。

そんな三次郎の思いなど、がさつな荒川に伝わるはずもなく、

「両国の川開きがあってからというもの、惨《むご》たらしい殺しが起きているんだ。三件立て続けにな」

「どんな殺しだ」

「それがな……」

と、眉間に皺を刻んで荒川が語ったところによると、殺しの状況は以下のようなものであった。

一件目の殺しが起きたのは、五月二十八日。まさに、両国の川開きの日だった。

大川では花火が打ちあげられ、両国界隈は大勢の人でごった返していた。

「その雑踏《ざっとう》のなかで、薬研堀《やげんぼり》の長屋に住む左官屋、団吉《だんきち》の娘がさらわれた。そして二日後、その娘……お菊《きく》の亡骸が、大川に浮かんだのだ。永代橋《えいたいばし》の橋桁《はしげた》に引っかかっていたんだが……」

そう言って、荒川は怖気《おぞけ》を震った。そして、あたかも他人に聞かせるのが憚《はばか》れるかのように声をひそませ、

「腹が切り裂かれていてな、五臓六腑が全部なくなっていたんだ」

「そいつは……なんて惨《むご》いことを。お菊はいくつだった」

「八つだよ」

荒川の声には憤怒《ふんぬ》がこめられている。もちろん、会ったことなどないが、三次郎の脳裏にも、八つの少女の幼い顔が浮かんだ。想像するだに惨たらしい殺しである。

「首に紐《ひも》で絞められた跡があったから、絞め殺してから臓器を取りだしたんだろう。まったく、ひでえことしやがる」

「下手人の手がかりはなしか」

「なにせ、押すな押すなの人だかりでな。お菊にせがまれた団吉が、夜店で飴《あめ》を

買っていた隙《すき》にさらわれたんだ」

そこでいったん言葉を切ると、荒川は話を続けた。

「二件目は、六月の二日だった。今度は夜鷹《よたか》だ。柳原土手《やなぎわらどて》で商売をしていたお末《すえ》って女だ」

六月二日の晩に、お末は姿を消した。

仲間の夜鷹が騒ぎだしたその二日後……。

「今度はな、明け方に柳森稲荷《やなぎもりいなり》で亡骸が見つかった。近くの古着屋が見つけたんだ。お末は真っ裸で、境内《けいだい》に打ち捨てられていた。そして今度も、腹が切り裂かれ、臓器がなくなっていた。死因は、喉を刃物で抉《えぐ》られたことだ」

「……臓器がなくなっていたから、同じ下手人だということになったんだな」

「いや、まだこのときには、同じ下手人の仕業かどうかは断定していなかった。同じ下手人に違いないと確信したのは、三日前に起きた三件目の殺しだ」

三件目は六月五日、三河島で起きた。

浅草並木町《なみきまち》の履物問屋、扇屋《おうぎや》の手代である茂助《もすけ》が殺された。

さる武家屋敷に挨拶に行った茂助は、その帰りを襲われ、亡骸は翌六日の朝、三河島の田圃《たんぼ》に捨てられていた。やはり全裸にされ、腹を切り裂かれたあと臓器が抜き取られていたという。

「頭を、なにか重い物で殴《なぐ》られたらしく、それがもとで死んだようだ」

暑いのに、三次郎の全身には鳥肌が立っていた。

「それから、ついでに言っておくと、茂助の亡骸は金玉も抜かれていたよ。そうそう、お末の子宮もなくなっていたんだがな。下手人の奴、五臓六腑を奪ってどうしようってんだ。そんなもん売る気か。まさか、そんなもんを食わせる店があったりしてな」

ふざけた野郎だという言葉を、荒川は繰り返した。

「それで、夜まわりをはじめたのか」

「殺された茂助の主《あるじ》、扇屋五郎兵衛《ごろべえ》が与力さまに陳情したんだ。なんとしても下手人をあげてくれと」

「奉公人思いの主人だな」

「娘の婿《むこ》にしようとしていたそうだ。娘のお玉《たま》が、茂助に惚れこんでいてな。五郎兵衛には跡継ぎ息子がいないから、ちょうどいいということになった。茂助はたいそうな働き者で、この秋には祝言をあげる予定だったそうだ。可哀相に、お玉は茂助が殺されてから飯も喉を通らず、五郎兵衛は、せめて茂助を殺した下手人が捕まり、獄問台にさらされることで、娘を慰《なぐさ》めたいんだ」

「その気持ちはわかるが」

「それで、南北町奉行所をあげて下手人探索がはじまったってわけだ」

わかったかとでも言うように、荒川は三次郎を睨んだ。

「世間を騒がす凶悪な殺しというのはわかるが、南北町奉行所をあげてというのは、いかにもおおげさだな」

荒川はここで含み笑いを漏らし、

「扇屋というのは、三河島の御前のお屋敷に出入りしている商人だぜ」

三河島の御前、守屋貞斎。

直参旗本として、無役ながら従四位下侍従という老中や高家並の官位を持つ男。

書家として知られ、揮毫《きごう》欲しさに多くの大名、旗本が屋敷を訪れ、大奥にも隠《いん》然《ぜん》たる勢力を築いている。

つい先月、業平とともに会ったばかりだ。三次郎が、そんな思いをめぐらせていると、

「おい、人の話を聞いているのか」

心外だとばかりに、荒川が声を荒らげた。

「聞いているさ。三河島の御前からの要請があったのだろう」

「違うよ」

荒川は顔をしかめた。三次郎は不思議そうに、

「おまえ扇屋が、三河島の御前のお屋敷に出入りしているって言ったじゃないか」

「そうだよ。でも、御前が御奉行に要請されたんじゃない……ないが、そこのところはなんだよ」

思わせぶりな笑みを浮かべた荒川に、三次郎はひとつうなずき、

「ははあ、ようするに奉行所のほうが、御前の顔色をうかがっているってことだな」

「馬鹿、声がでかい」

荒川はあわてて言う。

「御奉行も、下手人探索に躍起《やっき》になるというものだ」

だから忙しいのだ、と荒川は繰り返した。

「おまえはいいよな。そんな騒然とした一件にかかわりなく、お公家さまと貝合わせをしていればいいんだから」

「だから、貝合わせなどしておらん」

「ま、似たようなことはしておるのだろ。それより、こうしてはいられない。おまえに付き合っている暇《ひま》はないんだ」

付き合えと頼んだ覚えはない、と三次郎は内心でつぶやいた。

二

翌六月九日、三次郎が本所中之郷竹町の飛鳥業平の家を訪ねると、

「今度はわたしの番ですよ」

と、お紺の弾んだ声がする。

「お紺ちゃん、しっかりやんな」

寅吉の能天気な調子はいつものことだ。三次郎が居間に入ると、業平とお紺、寅吉は、なんと貝合わせをしていた。

荒川になじられたのがつい昨日なだけに、自然と苦笑が漏れてしまう。

「わとさんもどうです」

業平が貝を見ながら声をかけてきた。荒川のからかいの言葉が耳に残っている

せいで、

「いえ、わたしはやりません」

つい意地を張って、三次郎は座敷の隅《すみ》に座りこんだ。

「そうですか」

いつになく、業平は素っ気ない。

内心では、もう一度誘ってくれると思っていただけに、いささか拍子抜けだ。

別段、仲間になど加わりたくはないが、あっさり袖《そで》にされるとやはり寂しくなってしまう。ここでも仲間外れか、というひがみ根性すら湧いてきた。

三人の楽しそうなやりとりに加えて、座っている位置が強い日差しをまともに受けるとあって、三次郎はすぐさまこの場を逃げだしくなった。

「和藤田の旦那《だんな》もやればいいのに。せっかく、業平さまが都から取り寄せてくださったのですよ。本当にきれいな貝だわ」

お紺が頭上にかざすと、陽光を受けた貝が煌《きらめ》いた。お紺ならずとも、たしかに美しいと言わざるをえない。

「旦那、たまには息抜きも必要ですよ」

寅吉は白絣《しろがすり》の着物を腕まくりし、毛むくじゃらの腕をさらしながら、馬鹿に真剣な眼差しで貝を見つめている。

そこまで誘ってくれるのなら、と身を乗りだしたが、

「わとさんは、こういうのは嫌いなのですよ。武士のすべきことではないという
ことでしょう」

業平の無情な言葉のせいで、せっかく浮かした腰を力なく落ち着かせた。寅吉
もお紺も、納得したようにうなずく。

「業平さまはお強いわ」

お紺が賛辞を送るように、どうやら業平のひとり勝ちの様子だ。

「さすがは、麿《まろ》の旦那だ。こういう雅《みやび》な遊びには慣れていらっしゃる」

寅吉の賞賛を受け、業平は、

「それは関係ありません。貝合わせというのは、開けた絵柄を覚えていられるか
どうか、ということなのです。都も江戸も、公家も武士も町人も関係ありません」

「なるほど。どうりであっしは駄目なはずだ。物覚えがよくねえですからね」

「そうですね。寅吉には向かないかもしれません」

業平に悪気はないのだろうが、寅吉はなんとも嫌そうな顔をし、それが三次郎
にはおかしくて吹きだしそうになる。

「さて、これで終わりとしましょう」

業平が宣言すると、もう一度やりたそうな顔を残して、お紺は貝を仕舞い、居間から出ていった。

「そろそろ、水戸さまにお出かけになりませんと」

貝合わせに加えてもらえなかった恨みで、三次郎は陰《いん》にこもった声となる。

「今日は行きません」

業平はおつに澄ましていた。

「よろしいのですか」

「もりやてい さんの屋敷に行きます」

「もりやてい、でございますか」

三次郎は頭のなかで、「もりやてい」という言葉を反芻《はんすう》してみた。寅吉が、

「守屋貞斎さまのお屋敷ですよ」

と、横から口をはさんだ。

「ああ、三河島の御前ですか」

もりやていさい……守屋貞斎のことか。

「御前から呼ばれたのですか」

「そうです。先日、水戸藩邸で誘われ、今日、ぜひにお渡りくださいと連絡してきたのです」

「飛鳥殿は御前にご興味を持たれたのですか」

「それもありますが、これが……」

業平が差しだしたものは、瓦版《かわらばん》であった。

「寅が持ってきてくれたのですよ」

それは昨日、荒川から聞いた連続殺人魔の記事であった。

三件の惨《むご》たらしい殺しが書かれ、三件目の茂助殺しの箇所には、扇屋が三河島の御前の屋敷に出入りしていることが記されていた。

「きっと、麿の旦那なら興味を持たれるって思いましてね、ご注進にあがったって寸法です」

寅吉のしたり顔が恨めしい。よけいなことをしおって、という気持ちが湧きあがる。このままでは、業平がこの連続殺人に興味を持ってしまうのではないか。

――となればどうなる。

決まっている。探索をおこなうと言いだすだろう。

とすると、自分も探索に加わることになる。

それはいい。

だが、相手は凶悪な殺人魔である。今回ばかりは、業平の身を案じずにはいられない。

「いま南北町奉行所をあげて、下手人を追っております」

それを教えることで、探索はしないよう要望したつもりだが、

「南北町奉行所が総出でおこなっているのですか。それほどに困難な一件なのですね。それはなんとも興味深い」

――しまった。

藪蛇《やぶへび》とはこのことだ。三次郎の発したひとことによって、業平の好奇心をますます煽《あお》ってしまったようだ。

「そうでしょう」

まるで手柄を立てたような調子で、寅吉が言葉を添える。

三次郎は自分の気持ちを必死に覆い隠し、

「今回の殺しは範囲が広うございます。一件目が両国、二件目が柳原、三件目が三河島……しかも、殺された者につながりはありません。下手人は、手あたり次第に殺しているのです。これでは、容易に手がかりは得られず、地道な聞きこみ

を繰り返すとか、夜まわりを強化するしかないのです。ですから、今回は奉行所という組織の力がものを言うでしょう」

噛んで含めるような物言いをし、業平の興味を殺《そ》ごうと思った。

「でも、寅なら聞きこみは簡単でしょう」

業平はことなげに言う。

「そんなはずござんせんや。そりゃ手下を使えば、本所、深川界隈なら聞きこみもできますがね。大川を越えるとなりますと、正直、難しいです」

「大川から向こうは、わとさんがすればいいでしょう」

いかにも業平らしい台詞だが、

「お言葉ですが、大川から向こうと申しましても、いささか広すぎます。とうてい、わたしひとりでは聞きこみなどできません」

嘘偽りのない本音である。

「わとさんは南町奉行所の同心なのでしょ」

「同心だからと言って、ひとりでは……」

「ですから、あなたひとりでする必要はないじゃありませんか。同僚たちが聞きこみをした結果を、教えてもらえばいいのですよ」

業平は、けろっと言う。

「いや、それは……」

いくら業平の頼みだろうが、奉行所が知り得た情報を勝手に持ちだすわけにはいかない。

「わとさん、変な縄張り意識は捨てなさい」

「縄張り意識ではございません。南町奉行所に属する一員として、事件に関する手がかりを勝手にどうこうできないのです」

ここは引けないとばかりに、三次郎は厳しい目を向けた。

「わとさんの言うことはわかります」

幸い、業平はあっさりと引っこんでくれた。

「しかたありません。ならば、我々で調べますか」

いや、あきらめたのではなかった。どうやら、最悪の方向に進もうとしている。

「こら、すげえや」

いつもながら寅吉は調子がいい。三次郎はそんな寅吉を睨んだ。

「やりましょうよ。あっしらで、この許せねえ殺し魔をひっ捕らえるんですよ」

「おまえ、簡単に言うなよ」

三次郎は暗澹《あんたん》たる気持ちになった。

「そりゃ簡単じゃござんせんよ。江戸は広いんですからね。でもね、あっしゃ、麿の旦那ならきっと下手人を捕らえると思いますよ」

寅吉が自信満々に言いきる。

「どうして、そんなことが言えるんだ」

「そりゃあれですよ。麿の旦那には、強い運がありますからね。どんな難事件だって、たちまちにして落着に導く。そんな、星の下のお生まれなんでさあ」

それはいったい、どんな星なんだ……そう聞きたいところを、三次郎がぐっとこらえていると、業平が澄まし顔で言った。

「下手人の見当はついていますよ」

三

「ええ！」

これには、寅吉ばかりか、三次郎も驚きを隠せなかった。

南北町奉行所をあげて探索にあたり、手がかりひとつ得られていないのである。

そんな殺人魔を、業平は探索をしないうちから見当をつけているという。

これまで、業平にはさんざん驚かされてきたが、今回の驚きはひとしおである。

「さすがは、磨の旦那だ。すべてお見通しでいらっしゃる」

寅吉が調子よく囃《はや》したてるが、いまはそんなことを気にしていられない。

「いったい何者なのですか」

三次郎とて興味津々だった。これまで、業平が鋭い推理を披露するのを間近で見てきただけに、なおさらである。

ところが、

「それは秘密です」

業平は、なおいっそう澄まし顔となって答えた。

「そ、そんな」

三次郎が、がっくりとうなだれると、

「冗談ですよ」

悪戯《いたずら》っぽく業平が笑う。

「勿体《もったい》つけねえで、教えてくだせえよ」

寅吉の懇願に、業平はさらりと言いきった。

「下手人は蘭方医ですよ」

「蘭方医、でございますか」

「なんで、蘭方のお医者さんがそんなことをしでかすんです。お医者といえば、人の命を救うのが仕事じゃござんせんか」

寅吉が首をひねった。

「腑分《ふわ》けです」

「ふぬけ？　……蘭方のお医者がふぬけだっておっしゃるんですか。いくら麿の旦那でも、それには賛成できませんや」

寅吉としては、言葉の意味がわからないのだろう。

業平は寅吉の無知を不快からず、むしろ喜ぶようにけたけたと笑うと、三次郎に視線をあずけた。三次郎から説明してやれということだろう。

「ふぬけではない。腑分け。人の身体を裂いて、五臓六腑を調べることを言うんだ」

寅吉は目をぱちくりとさせ、

「そんなもん調べてどうするんですよ」

「おれを責めてもしょうがないだろう。蘭方では、それが治療に役立つと考えるんだ」

「そんなもんですかね。あんなもの見ても気持ち悪いだけですよ。まあ、好き好きでしょうけど。なら、蘭方医に狙《ねら》いをつけて探索をおこなえばいいのですね」

「わたしはそう思います」

業平がこくりとうなずくと、寅吉は顔を輝かせ手を打った。

「そうだ。思いだしましたよ。この瓦版が出まわったんで、こらあきっと磨の旦那がご興味をお持ちになる、と思いましてね。ひと足先に、三河島で殺された手代、茂助のことを聞きこんでみたんですよ」

「寅にしては気が利きますね」

寅吉は一瞬、苦い顔になったがすぐに、

「茂助が奉公していた扇屋ですがね。その扇屋のかかりつけの医者というのが、蘭方医なんですよ。たしか名前は……山上総意《やまがみそうい》とかいいましてね、その山上ってえのが、どうやら扇屋の娘にぞっこんなんだそうです。もっとも、娘のほうは茂助に惚れていたらしいですがね」

「では、その山上が、茂助を殺して腑分けしたというのか」

三次郎が問うと、

「いくらあっしが早とちりでも、そう単純にはいかねえと思いますけどね、だいいち、茂助憎さに殺すのはわかるとしても、腑分けするこたあねえでしょう。それとも、どうせ殺すんなら蘭方に役立てたい、なんて思ったんですかね」

「ふむ……それに、夜鷹と子どもの事件もあるからな。山上はそのふたりとも、かかわりがあるのか……もしくは、別々の下手人ということもありえる」

そこで、三次郎は業平に視線を転じた。

「いまは、どうにも結論は出ませんね」

業平はいたって冷静だ。

「このこと、奉行所で報告してもよろしいですか」

「かまいませんよ。隠し立てする必要はないですし、とにかく、一日も早く下手人を捕らえねばなりません」

「ありがとうございます」

奉行所に戻ろうと思ったが、業平の警護から外れるわけにはいかない。

すると、業平は三次郎の心を読み取ったか、

「こちらはかまいませんよ。寅についてきてもらいます」

「おまかせください」

寅吉が胸を叩いた。

「そういうわけには……」

さすがに躊躇《ためら》う三次郎に、

「かまいません」

「しかし」

押し問答を続けるうちに、木戸で業平を呼ぶ声がした。

「来たようですね」

業平は腰をあげた。

木戸の前には、大名やその奥方が乗るような、豪華な螺鈿《らでん》細工を施《ほどこ》した網代駕《あじろか》籠《ご》が停まっていた。

「寅、行きますよ。そう言えば茂助は、守屋の屋敷を訪ねた帰りに殺されたのでしたね」

そう思わせぶりに言い残すと、三次郎が呆然《ぼうぜん》とするのをよそに、業平はさっさと出かけてしまった。

その一刻後。

三次郎は汗だくになりながら、奉行所の詰所に入った。

強い陽光が差しこみ、土間には格子の影がくっきり刻まれている。

油蟬《あぶらぜみ》の鳴き声が暑さを際立たせ、筆頭同心の村上勝蔵が、縁台に腰掛けて扇子をさかんに動かしていた。三次郎に気づいても、扇子の動きを止めようとはしない。

「殺し魔のことでございます」

「おまえは探索に加えておらんぞ。なにせ、大事なお役目があるのだからな」

その露骨《ろこつ》な物言いにむっとしたが、そんな場合ではない。

「そのことはわかっております。ですから、探索に加わるつもりはございません。まいりましたのは、下手人について、ぜひともお伝えしたいことがあるのです」

「なんじゃ」

村上が手拭いで首筋をぬぐった。その投げやりな態度は、いかにも期待していないように見える。三次郎は村上の前にまわりこみ、

「下手人が何者か、見当がついたのです」

「まさか」

村上は鼻で笑った。

「わたしの考えではございません。飛鳥中納言さまが見当をつけられたのです」

「飛鳥中納言さまが……」

一瞬、眉をひそめ扇子の動きを止めたが、ふたたび扇《あお》ぎはじめる。

「報告書に、しばしば中納言さまのご活躍を書いておりますが」

「もちろん読んでおる。なかなかにお見事なお働きじゃ」

「その飛鳥中納言さまが、今回の一件に興味を持たれ、検討されたのです」

「そうなのか。じゃが中納言さまは、くわしいことをご存じではないだろう」

「瓦版の記事のみから推察なさったのですよ」

「さすがであるな、で、どのように申されておられるのだ」

「下手人は蘭方医だと申しておられます」

村上の目の色が変わった。三次郎が、業平の推理と寅吉の聞きこみを披露すると、村上の目が見る見る光を帯びてゆく。

「なるほど……腑分けな。これは、まさしくそうかもしれん。山上とか申す蘭方医に狙いをつけるのは早計じゃが、蘭方医ということであれば……」

村上は手を打った。

「で、ございましょう」

　自分の考えではないにもかかわらず、三次郎は、つい自慢げな表情になってしまう。

「さすがは飛鳥中納言さまだ。これは、いけるかもしれん。和藤田、でかした。これから、みなに蘭方医をあたらせることにする」

　村上はすっかりその気になったようだ。

「よろしくお願いします」

「ああ、でかした」

　ふたたび三次郎を褒めると、あとは三次郎など眼中にないかのように考えに耽《ふけ》っている。ふと、寂しさが胸を過《よ》ぎり、

「あの……」

「なんじゃ」

　村上が怪訝《けげん》な表情を浮かべた。

「わたしも、探索をしようと思うのですが」

「それは必要ない」

「これ以上の犠牲が出ては、南町奉行所の威信にかかわります」

「心配ない」

村上はにべもない。

「わたしもお加えいただけませんか」

三次郎は頭をさげた。

「おまえには、飛鳥中納言さまの掛という大事なお役目がある。それをおろそかにしてはならん」

「おろそかにはしません」

「おろそかにするではないか、下手人探索など……」

「ですから、中納言さまと一緒におこないたいと存じます」

「馬鹿なことを申すな。正気か？　いくらなんでも危険すぎるぞ。今回の相手は凶悪で、どこにひそんでおるのかもわからんのだ。中納言さまに、万が一のことがあったらなんとする」

「大丈夫でございます」

「おまえなあ、この陽気で頭がおかしくなったのではないか」

呆れたように、村上が目を細めた。

——やはり仲間外れか。

言いようのない屈辱を感じ、蝉時雨《せみしぐれ》の夏のなか、三次郎の心には秋の木枯《こが》らしが吹きすさんだ。

「では、これで」

三次郎が踵《きびす》を返すと、

「和藤田、おまえ、暑さで疲れておるのではないか。今日はもうよい。屋敷に戻り、早々に休め」

「はあ……」

「大事にな」

村上の声が、ひどく遠くに聞こえた。

四

周囲に田圃が広がり、一面の緑のなか、守屋貞斎の広大な屋敷が屹立《きつりつ》している。一丈（三メートル）を超す築地塀がまわりを取り巻き、塀の四隅には矢倉《やぐら》が設《もう》けてあった。

広大な屋敷の中心にある御殿は、檜皮葺《ひわだぶ》き屋根に総檜造《そうひのきづく》りの豪華な建物だ。

御殿の背後、奥に設けられた風呂場で、貞斎は若い娘たちに身体を洗わせていた。

ひとりが背中、ひとりが胴体、ひとりが足を糠袋《ぬかぶくろ》でこすりあげている。還暦《かんれき》を迎えたとは思えない艶《つや》やかな肌が湯滴を弾き、貞斎はいかにも気持ちよさそうに半眼となって、

「そこじゃ。もっと強くこすれ」

などと、背中を洗っている女中に命じた。

やがて、洗い終わると、湯船にどぶんと身を沈める。

六尺四方の大きな湯船に身を浸《ひた》す貞斎は、目を爛々《らんらん》と輝かせ、全身には精気がみなぎっていた。

業平が貞斎の用意した駕籠に揺られ、三河島の屋敷に着いたのは、昼九つをまわるころだった。開け放たれた正門から中に入り、御殿の玄関前に駕籠がつけられると、寅吉がさかんに、「すげえ」という言葉を連発した。

錦《にしき》の小袖を着流し、絹の袖なし羽織を重ねた貞斎が、玄関で待っていた。

「まずは、屋敷をご案内いたしましょう」

「ぜひ、お願いします」

ここで業平は寅吉を振り返ると、

「この者も連れていきます」

貞斎の了解を取る前に、断定した物言いをした。貞斎はとくに不満も漏らさず、軽くうなずくと、

「では、こちらに」

と、歩きだす。一行の前後を、警護の侍が付き従った。

築地塀に添って奥へと向かうと、矢倉を警護する侍が見えた。

土蔵や長屋が並び、さらに進むと、一面に芝生が広がっていた。

その芝生の真ん中には大きな池があり、畔《ほとり》で鶴《つる》が羽根を休めている。

屋敷で鶴を飼うことが許されているのは、将軍だけである。これを見ただけで、貞斎の権勢がわかるというものだ。

庭の片隅には木柵がめぐる一帯があり、板葺《いたぶ》きの小屋があった。

「ひえ」

寅吉が驚きの声を漏らしたように、見たこともない鳥がいた。色あざやかな羽根を、あたかも扇のように広げている。

「孔雀《くじゃく》ですね」

業平の言葉に、

「そのとおりです」

満足そうにうなずくと、貞斎は強い日差しを振りあおいで、

「暑うございますな。では、涼やかなところへまいりましょう」

と、歩きだした。

芝生を横切り、池の向こうにある数奇屋造《すきやづく》りの建屋に導かれた。ここでも、周囲を警護の侍が固めている。

「さあ、入られよ」

建屋は、茶室のようだった。

障子が取り払われ、周囲を濡れ縁で囲まれた二十畳の座敷がある。違い棚が設けられ、床の間のある書院造りだった。

数奇屋の脇に植えられた樅《もみ》の木が日陰を作り、座敷内には心地良い風が吹いて、軒先に掛かる風鐸《ふうたく》が涼しげな音を聞かせている。

床の間を飾る三幅対《さんぷくつい》の掛け軸、青磁《せいじ》の壺は、いかにも値が張りそうだ。

欄間には額が飾られ、貞斎の落款《らっかん》とともに「天下静謐《せいひつ》」と大書されている。

その字は雄渾《ゆうこん》で、いかにも貞斎の魂《たましい》が宿っているようだ。

座敷の真ん中に座布団が敷かれていたが、寅吉は遠慮がちに濡れ縁に座った。がさつな男が、豪華な屋敷の様子にすっかり呑まれている。

「すばらしいお屋敷ですね。庭の見事さといったらありません」

「中納言さまにお誉めいただくとは恐縮でございます」

「なかなかどうして、都の寺院でも、このような庭はお目にかかれませんね」

「では、ここらで、おもしろい趣向をご覧いただきます」

そう言って、貞斎は警護の侍たちに目配せをした。侍は一礼をすると、座敷の四隅に立つ。その四隅には、天井から紐がぶらさがっていた。

貞斎がひとつうなずくと、侍たちは各々《おのおの》の紐を引っ張った。

途端に、

「ひえ」

寅吉が悲鳴をあげ、顔を両手で覆った。天井が落ちてきたのである。

と、そうではなかった。

天井が落ちたのではなく、天井を覆っていた茶色い布が取り払われたのだ。四枚の布は、侍たちの手で回収された。

布に隠されていた天井は、透明な板であった。そのギヤマンらしき板を通して、彩り豊かな金魚や鯉が泳いでいるさまが見える。

そのなかにあって、ひときわ巨大な魚が……と見えたのは、なんと人間の女であった。

全裸の女が三人、気持ちよさそうに泳いでいるではないか。

寅吉は口をぽかんと開けたまま、ただただ見あげるばかり。

「涼しげでございましょう」

貞斎はにこやかな顔をした。

ところが、業平は表情を消し、

「夏向きの座敷とは思いますが……悪趣味ですね」

業平に遠慮という文字はない。

警護の侍たちが貞斎の顔色をうかがうが、動ずるところを見せては威厳を保てないと思ったのだろう。

「なるほど、都風ではございませんな」

と、貞斎は鷹揚《おうよう》に応えてみせる。

「元禄《げんろく》のころ、天下一の豪商と謳《うた》われた大坂の淀屋《よどや》に、このような夏座敷があったと伝え聞いたことがあります。さすがは淀屋だと、たいした評判になったそうな」

業平が淡々と述べると、貞斎はふたたびにやりとして、

「その淀屋の逸話を聞き、道楽でこしらえたのです」

「淀屋は豪奢《ごうしゃ》が過ぎ、宝永《ほうえい》二年（一七〇五年）に闕所《けっしょ》になったのでしたな」

業平は皮肉とも取れる言葉を発した。

それでも、貞斎は目元をややきつくしただけで、

「そうでしたな」

笑みを浮かべると、警護の侍に向かって顎《あご》をしゃくった。

すぐに、膳が運ばれてくる。

貞斎は、ギヤマン細工の透明な酒器に入った酒を、業平に差しだした。表面には、氷が浮かんでいる。

渇いた喉には、もってこいだろう。

庭の木々から聞こえる蟬のうるさい鳴き声も、ここでは、夏の風物詩として感じられるほどである。

「これは美味。すっと暑さが鎮《しず》まります」

嬉しそうに言って、業平は透明なギヤマン細工の杯を飲み干した。

「ところで、中納言さまは、鯉はお好きですか」

「ときおり食します」

膳には、鯉の洗いが用意されていた。ほかに、泥鰌《どじょう》の柳川《やながわ》と鰻《うなぎ》の蒲焼もある。

「泥鰌に鰻とは、いかにも夏ですね」

業平が嬉しそうに目を細めた。

「お気に召していただけましたか」

「鰻の蒲焼は、江戸風が美味ですね。上方《かみがた》と違って、江戸は背開きにしていったん蒸す。それから、たれを絡めて焼きあげる……だから、やわらかで香ばしい」

「よくご存じで。さすがは、市井の暮らしをよくご視察なすっておられます。中納言さまは、江戸の暮らしを心より楽しんでおられるようですな」

「とても楽しいものです」

「それでも、そろそろ、都の味が懐《なつ》かしくはございませんか」

貞斎に聞かれ、業平はふと空を見た。

青空に入道雲が横たわり、夏燕が舞っている。

そこへ、女中が透明な器を運んできた。よく見ると、それは器ではなく、氷をくり抜いたものであった。

蓮《はす》の葉が敷かれ、そこに真っ白な魚の身が乗っている。身は反り返り、あたかも牡丹《ぼたん》の花のようだ。

途端に、業平の顔から笑みがこぼれた。

「なんです、これ」

濡れ縁で同じものを出された寅吉が、声をかけてきた。

「鱧《はも》ですよ」

「はも……」

寅吉は首を傾《かし》げる。

「魚に豊と書いて、鱧。都や大坂では、鱧が食膳に乗れば夏の到来となります。さっぱりとして、いかにも夏にふさわしい料理ですよ。このように湯引きにしたものでもよし、茶碗蒸しに入れてもよし、です」

「なら、さっそく」

寅吉は箸でひと切れつまみ、口に入れた。何度も咀嚼《そしゃく》してから、

「……美味《うま》いんですかね、どうも、はっきりしねえ味だ」

釈然《しゃくぜん》としない様子の寅吉をよそに、業平は小皿に盛られた梅肉に鱧をひたした。

「寅、この梅肉につけて食べると、味が引きたつのですよ」

そう言って鱧を食べると、顔中を笑みにして、

「美味《びみ》やなあ」

杯を飲み干した。

教えてもらった寅吉は、

「あっしゃ、酸っぺえのは苦手なんですがね」

と言いながらも、業平を真似て、鱧のひと切れに梅肉をつけてみる。おっかなびっくりな様子で口に運ぶと、たちまち頬をほころばせて、

「こらあ美味、おつなもんです」

と、声を弾ませ酒を飲んだ。

ふたりの様子を微笑みながら見ていた貞斎が、

「中納言さまに喜んでいただければ、これに勝《まさ》ることはございません」

「よくぞ、鱧まで用意してくださいましたね」

自慢げに笑みを漏らす貞斎に、

「貞斎殿、あらためてお礼申しあげます」

業平が丁寧《ていねい》に頭をさげた。

「いえいえ、堅苦しいことはおっしゃらずに。それより、今後もお付き合いのほ

ど、よろしくお願い申しあげます」

そう答えてから貞斎は、

「中納言さまとは、これからますます親交を深めたいと思うておりましてな。親交を深め、世のために尽くししたいと願う所存です」

五

業平の目が、ちらりと動いた。

「ほう、世のためですか」

「いかにも」

そう言いきり、貞斎がギヤマン細工の酒器を差しだした。業平はそれを受けず、手酌でみずからの杯に注《つ》いだ。持てあました貞斎が、自分の杯に注ぐ。

「で、世のためとはいかなることですか」

「この世は悪がのさばっております。奉行所や御公儀の目が届かない悪党どもが、多数おるのです」

話を聞いているのかいないのか、業平は鱧を美味そうに食べている。

「悪党は成敗しなければなりません」

そこで、貞斎がわずかに語調を強めた。

ようやく業平は箸を置き、

「世には法というものがあります。悪人は法に照らして裁かれるべきでしょう。そうでなければ、幕府の存在自体、意味がないのではありませんか」

これには貞斎も言葉を呑みこんだ。

「おっしゃるとおりですが、世の中には、法の網の目から漏れるような悪党も存在するのです」

「それらの悪党に罰を与えるのは、天でございましょう。それこそ、天罰というものがくだるのですよ」

業平はけろりとしたものだ。

「そんな悠長なことは申せません」

「貞斎殿は、みずからの手で悪党を成敗するとおっしゃるのですか。それに、手を貸せと……」

「そうです。わたしは先だっての水戸藩邸での中納言さまのお働き、まことに感じ入ったのでございます。ですから、中納言さまにもぜひお力を賜《たまわ》りたいと」

貞斎が鷹《たか》のように鋭い眼差しを、業平に向けた。

「お断りします」

業平はにべもない。

「それはまた……」

あまりにあっさりとした拒絶に、貞斎はむしろ当惑したようだ。

「わたしは、この世から悪がなくなればよいと思いますが、それはもはや極楽浄土というものでしょう。極楽浄土はあの世にあるもの。この世にはないのです」

そう言い終えると、業平は黙って杯を重ねる。それからおもむろに、

「それに、わたしはいまのままがよいのです。斉昭さんの大日本史編纂をお手伝いし、余暇を気ままに過ごす、これに勝る喜びはありません」

貞斎も、これ以上は言葉を重ねることはせず黙りこんだ。

業平の拒絶により、貞斎も口数が少なくなった。どことなくぎすぎすとした空気が漂《ただよ》うなか、食事が終わり、茶が用意された。茶も業平を気遣ってか、宇治《うじ》から取り寄せられた宇治茶である。

と、業平はここで、

「ところで、いま世上を騒がせております殺し……五臓六腑を抜き取るという天

魔をも恐れぬ所業、その殺しの犠牲になった町人が、こちらに出入りをしていた扇屋の手代ですね」

「いかにも、気の毒なことをしました」

「その手代、茂助という男を、貞斎殿はご存じですか」

「直接、言葉をかけたことはございませんが、殺されたと聞いて家中の者に尋ねてみました。非常に真面目な男であったとか。そのような男が惨《むご》たらしく殺されるとは……世に悪がはびこっている証《あかし》です」

「殺された日に、こちらのお屋敷を訪問したそうですが、どのような用向きであったのですか」

「さて、屋敷におさめる履物に関することと存じますが」

貞斎にすれば、屋敷を訪ねてくる商人など、いちいち相手にしていられないということなのだろう。

「中納言さまはご興味がおありのようですね」

「なかなか、興味深いです」

「であれば、わたしにお力をお貸し願えませんか」

「貞斎殿は、南北町奉行所では下手人を捕らえられないとお考えですか」

「そうなった場合のことを申しておるのです」

「わたしは案外、容易に捕まると思いますよ」

「それはどうしたわけです」

興味が湧いたらしく、貞斎は目をしばたたいた。

と、不意に業平は胸を押さえた。そしてうつむきかげんに、

「うう」

と、うめき声を漏らす。

「いかがなさいました」

貞斎が腰を浮かし、

「麿の旦那、どうしやした」

寅吉はたまらず飛びこんできた。

「急に胸が苦しくなりました」

腰をあげ、二、三歩歩いたと思うと、ふらふらとよろめき、膝から崩れてふたたび胸を押さえる。

「医師じゃ。了英《りょうえい》を呼べ」

貞斎が口早に命じた。じきに布団が敷かれ、業平が横たえられる。

すぐにやってきた若い医師は、町村《まちむら》了英と名乗る、髪を儒者髷《じゅしゃまげ》に結った男だった。

寅吉が濡れ縁に座って心配そうな眼差しで見守るなか、業平はすやすやと眠り、四半刻ほどしてむっくりと半身を起こした。

「そのまま寝ておられませ」

了英が優しげな面差しで言う。黒の十徳《じっとく》があまり似合っていない。

「もう、大丈夫です」

業平はにっこり微笑んだ。

「癪《しゃく》を起こされたようですね」

「そのようです。昼から酒を過ごしたのがいけなかったのでしょう。自業自得ですね」

「用心なさったほうがよろしいです。生魚にあたられたのではないかと心配いたしましたが、そのようなご様子はなく、よかったです」

「貞斎殿が調えた食膳であれば、よもや、腐ったものなど入りこむはずはありません。ところで、あなたは蘭方ですか」

そう言って、業平は了英の薬箱を見た。そこには、めすと呼ばれる小刀など西洋医学の道具が並べられている。

「そうです。中納言さまは、蘭方がお好きではございませんか」

「そんなことはありません。病《やまい》が平癒《へいゆ》すれば、蘭方であろうが、漢方であろうが気にするものではありませんよ」

「それを聞いて安心しました。病は気からと申しますので」

「あなたは、蘭方を長崎で学んだのですか」

「はい。父が守屋の御前さまにお仕えし、それが縁でわたしも長崎に学んでまいったのでございます。御前さまには大変にご恩がございます」

「こちらの屋敷に出入りをしている扇屋の掛かりつけの医師も、たしか蘭方医だとか……」

「山上総意という男で、旗本の三男坊だったのが、医学に興味を持ち、わが父に弟子入りしたのです。わたしとは、尚歯会《しょうしかい》で交流しております。扇屋に紹介したのも、わたしです」

「尚歯会……ああ、聞いたことがあります。渡辺崋山《わたなべかざん》、高野長英《たかのちょうえい》といった高名な蘭学者が中心となっておるとか」

「大変に有意義な勉強会です」

了英は目を輝かせながら話している。

「学問に熱心なのはよいことです」

「これをお飲みください」

了英が白湯《さゆ》を差しだした。業平はそれをゆっくりと飲み干すと、

「了英さんは腑分けに興味がありますか」

突然の問いかけに、了英が息を呑んだ。

「いささか」

「尚歯会のみなさんも興味があるのでしょうね」

「それは医師としましては……」

了英は曖昧《あいまい》に口ごもった。

「このところの殺しをご存じですね。五臓六腑が取り払われている殺しです」

「耳にしたことがございます。大変に惨たらしいものだとか」

「了英さんは、下手人が五臓六腑を取り払うのはどうしてだと思いますか」

額《ひたい》に汗を滲《にじ》ませた了英は、

「まさか……中納言さまは、下手人が腑分けのためにそんなことをしているとお考えなのですか」

「決めつけはできませんが、そう考えることもできますよ」

「だとすれば、医師の風上にもおけません」

目に暗い光をたたえ、了英が言いきる。

「ところで、扇屋の手代が殺された晩、了英さんはどちらにおられましたか」

「中納言さまは、わたしが茂助を殺したと……」

これには、さすがの寅吉も腰を浮かした。いくら業平でも、さすがに無礼すぎはしないか。

「なに、たまたま訪れた屋敷の主治医が蘭方医、そして下手人も蘭方医かもしれない……というわけで聞いてみただけです」

業平がさらりと言ってのけると、了英は威儀を正し、

「わたしは、夜遅くまで、御前さまのおそばにおりました」

「治療をしておったのですか」

「そうではございません。御前さまは、たいそう囲碁《いご》がお好きでございます。それで、昨晩も碁の相手をしておったのです」

「そうですか」

それだけ聞くと、業平はやおら腰をあげた。

「あの、もうよろしいのですか」

「おかげですっかり元気になりましたよ」

業平はにっこり微笑んだ。

六

「寅、帰りますよ」

「は、はい」

驚きを隠せない様子の寅吉を待たず、業平は濡れ縁を歩き、数奇屋の玄関に出た。そこへ、貞斎がやってくる。

「中納言さま、もうよろしいのですか」

「了英さんは、大変な名医でいらっしゃいますね」

「本当に大丈夫なのですか」

貞斎の気遣いに、

「これ、このとおり」

舞でもまうように、業平はひらりと身体を回転させた。それから、

「ご馳走《ちそう》になりました」

「これからも、いつなりとお渡りくださいい」

「気が向いたらそうします」

業平は軽く一礼すると、足早に歩きだす。

日は西に大きく傾き、芝生に樹木が影となって映りこんでいた。

あわてて追いかけてきた寅吉が、

「麿の旦那、あの蘭方の先生を疑っていらっしゃるんですか」

「疑ってはおりません」

「ですが、仮病を使って、あの先生をおびきだしたではありませんか」

「仮病とは人聞きが悪いですよ」

「本当にご気分が悪かったんですかい」

「そうです。そもそも、町村了英が蘭方の医者だとは知りませんでした。この屋敷なら典医がおると思いましたが、果たしてその医師が蘭方なのかどうか、探ってみたいとは考えましたけどね」

「やっぱり、仮病じゃねえですか」

寅吉はけたけたと笑いだした。

「まったく、おまえという男はがさつですね」

業平は顔をしかめた。

「麿の旦那、殺し魔はどうなりましたかね」

「今頃、南町奉行所では、蘭方医に狙いをつけて探索をしていることでしょう。なにか手がかりをつかんでいるかもしれませんよ」

「そうだといいんですが」

「期待しましょう」

そう言うと、業平は網代駕籠に乗りこんだ。

――このまま家に帰る気にはなれんな……。

そう思う三次郎だが、だからといって、詰所にいるわけにもいかない。外に出て勝手な探索をおこなえば、叱責《しっせき》を受けるだけだ。

「たまには早く帰るか」

ようやくあきらめ、奉行所を出ようとしたそのとき、

「あの……」

若い男が、奉行所の長屋門をくぐって、入ってきた。髪を儒者髷に結い、黒の

十徳を着ていることから、医師のようである。

「なんでござる」

三次郎が応じると、若い男はもじもじとしてはっきり答えない。

「どうされた」

「わたし、山上総意と申す。蘭方医でございます。あの……わたしが属する尚歯会にて、ひどい企《くわだ》てがなされております」

「しょうしかい……なんでござる」

「渡辺崋山、高野長英先生を中心とした蘭学者の集まりです」

「それが、どのような企てを」

「近頃、頻発しております殺し……五臓六腑を取り去るという事件に、深くかかわっておるのです」

「なんと」

三次郎の胸が、早鐘のように激しく打ち鳴らされた。

「くわしくはここに」

書状を三次郎に押しつけるようにすると、山上はその場を立ち去った。

「待たれよ」

追いかけたが、動揺していたためか走りだすのが遅く、追いつけそうにない。

呆然《ぼうぜん》とする三次郎だったが、とりあえず渡された書付を読んでみた。そして、読み進めるうちに、三次郎の顔が驚愕《きょうがく》に彩られていった。

「帰っている場合ではない」

駆けるように、三次郎は詰所に戻った。

書付には、山上が属している尚歯会についての秘事が記されていた。

頻発している連続殺人は、尚歯会の仕業である。そして、その目的とするところは、腑分けをおこなうための亡骸の確保、だという……。

そして、尚歯会による腑分けが、今日の夜九つ（午前零時）、回向院裏の閻魔《えんま》堂《どう》でおこなわれる、としてあった。

居ても立ってもいられない。だが、あいにく、村上や荒川の姿もない。

どうすればいい。

――焦《あせ》るな。

いまは落ち着くことだ。夜九つには、まだ時がある。村上に報せる余裕は、十分にあるだろう。

幸い、そこに村上が、汗を拭きながら戻ってきた。

「なんじゃ、まだおったのか。帰ってよいと申したはずだぞ」

「それが、さきほど、こんな物が届けられたのでございます」

三次郎は、山上という男がやってきた経緯《いきさつ》から、書状を渡されたまでを、舌を噛みながら早口に語った。

話の途中で、村上は三次郎の手から引ったくるようにして書状を受け取ると、すぐさま目を通した。

村上の口から驚きの声があがるのは、当然のことだった。

「これは、由々《ゆゆ》しきことじゃ」

村上は目を血走らせた。

「捕物出役でございますか」

「そうじゃ。今晩に尚歯会を根こそぎな」

すっかり、村上は闘志をみなぎらせている。

三次郎も、湧きあがる闘争心をどうしようもない。

「わたしも、どうぞ捕物にお加えください」

「そなたにはそなたのお役目があるではないか。大事なお役目が」

「それは承知しております」

「ならば、そのお役目に備えて早く帰るがよい」

村上が、いたわるように目元を優しくした。こうなると、三次郎はますます意固地になってしまう。

「いいえ、わたしもお加えください。もちろん、それによって飛鳥中納言さまのお世話を怠《おこた》るようなことは絶対にしません。どうか、お願い申しあげます」

「そうは申してもな」

村上は困ったように眉根を寄せた。

「恩賞もいりません。捕物がおこなわれるというのに、自分ひとりが蚊帳《かや》の外では、なんとも納得がいかないのです」

「気持ちはわかるが……」

「それに、こう申してはなんですが、蘭方医に狙いつけたのは、飛鳥中納言さまでしょう。それをいち早く奉行所に伝えようとしたのは、このわたしです」

三次郎は目に力をこめた。

村上はしばらく考える風だったが、

「わかった。特別じゃぞ」

と、つぶやくように答えた。

「ありがとうございます」

「礼はよい。わしはこれより御奉行に、捕物出役の要請にあがる。おまえは、いったん帰れ」

「かしこまりました」

そこへ、

「御免、村上はおるか」

という居丈高《いたけだか》な物言いが聞こえた。しばらくすると、

「そなたが村上か」

額が突き出て小さな目という醜悪な顔の男が現れた。小太りながら身形は立派であり、初対面の村上を呼び捨てにするほどだから、おそらく身分ある侍なのだろう。

「わたしですが」

一応、村上は辞を低くした。

「目付《めつけ》、鳥居耀蔵《とりいようぞう》である」

そう名乗って、鳥居は胸を反らした。

「鳥居さま」

村上が頭をさげ、三次郎も腰を折った。

目付といえば、役高千石、旗本を監察する幕府の要職だ。

有能な幕臣はこの役職を振りだしに、長崎奉行や京都町奉行といった遠国《おんごく》奉行に昇進し、やがては町奉行や勘定奉行へと出世をする。ひょっとしたら将来、この鳥居なる人物が、南町奉行となるかもしれないのだ。

「こちらに尚歯会の山上が来たであろう」

「はい、よくご存じでございますね」

「山上は、我が手の者が追っておった」

そこで、村上が件《くだん》の書状を差しだした。

鳥居はそれを手に取ると、さっと目を通す。ところが、三次郎や村上のように驚きの表情は浮かべなかった。

「やはりな」

その声は、真夏ということを忘れさせるほどに冷んやりとしていた。

「わしはこれより御奉行に会う。捕物出役の指揮を執《と》ることを願い出るのじゃ」

「鳥居さまがですか」

「尚歯会は、もともと、わしが目をつけていた。いつか叩き潰してやると思っておったのだ。渡辺崋山、高野長英、日本の地図を持ちだしたシーボルトの教えを受けた、西洋かぶれの奸物《かんぶつ》どもの集まりじゃ。あ奴ら、日本を西洋に売り渡そうとしておる。断じて許すことはできん！」

三次郎も、鳥居の剣幕に、村上は、嵐が過ぎるのを待つ稲穂のようにうつむいている。

——ここは触らぬ神に祟《たた》りなし。

視線を合わさないよう頭を垂れていた。

鳥居は興奮で顔を真っ赤に火照《ほて》らせ、三次郎と村上を睨《ね》めつけると、詰所を出ていった。鳥居の姿が見えなくなったところで、

「感じの悪いご仁ですね」

「まったくじゃ」

村上も苦虫を嚙んだような顔になっていた。

七

夕暮れになり、ようやく風が涼しくなった。蟬の鳴き声も静まり、三次郎は八

丁堀の組屋敷に戻った。

やけに賑《にぎ》やかである。

「あれ」

と、そこで耳に飛びこんできたのは、なんと業平の笑い声であった。

耳を疑ったが、玄関の土間を見ると、たしかに業平の沓《くつ》がある。横には寅吉の雪駄《せった》もあった。どうやら、三河島からこちらに寄ったらしい。

三次郎は式台をあがり、居間に向かった。

居間に入ると果たして業平がいて、

「これは、これは」

「わとさん、どこに行っていたのですか」

あわてて挨拶する三次郎に、佳代を膝に乗せた業平が声をかける。寅吉もその前で佳代をあやしていた。

「お帰りなさいませ」

そこに雅恵が姿を現し、

「中納言さまが、わざわざお訪ねくださったのです。佳代に、紙風船やおかめの面をいただいたのですよ」

と、嬉しそうだ。

「このようなむさいところに痛み入ります」

三次郎は恐縮しきりである。

「気にしておりません、それより、かわいい娘子ですね」

業平が佳代を抱きかかえた。

「中納言さまは、さきほどからああして佳代をあやしてくださっているんです」

「かわいくて、つい抱いてしまいました」

「中納言さまに抱かれると、佳代は本当におとなしくなって。ああやって、すやすやと寝入ってしまうのです」

雅恵は目を細めた。

たしかに、佳代の顔をのぞきこんでみると、にこにこと嬉しげで、夜泣きするいつもの佳代とは別人のごとしである。

「さあ、佳代、向こうへ行きましょう」

雅恵は、業平の来訪の意味を察していたのだろう。佳代を抱きあげ、居間から出ていった。

「本日、思わぬ展開となりました」

三次郎が言うと、寅吉が、

「蘭方医をあたって、手がかりがつかめたんですか」

「手がかりどころではない。下手人が浮上した」

「そいつはすげえや」

寅吉は手を打った。

「下手人は、尚歯会という蘭学者の集まりです。渡辺崋山、高野長英という高名な学者が中心となって組織されております」

三次郎が苦慮の顔を見せると、

「どうして尚歯会とわかったのですか」

業平が目をしばたたかせる。

そこで三次郎が山上の書状の一件を話すと、業平は思案するように腕を組む。

「それで、今晩、捕物出役なのですよ」

三次郎はつい大きな声を出してしまった。口に出してから後悔したが、後悔、先に立たず。

嫌な予感がしたと思ったら案の定、

「わたしも行きます」

業平は当然のごとく言った。

「いや、それは」

これればかりは聞き入れるわけにはいかない。

「行きますよ」

「いえ、でも……」

「大丈夫です」

「これは、奉行所の役目ですから。勝手なことはできません。奉行所の秩序というものがございますので、どうか、今回ばかりはご容赦ください」

必死に三次郎が頭をさげると、

「……そうですか、これ以上、わとさんを困らせるのもよくないですね」

珍しく引っこんでくれた。

ほっと、安堵の思いに包まれる。

「では、わたしはこれで失礼します」

業平が腰をあげた。

「なら、あっしも」

寅吉も立つ。

「わとさん、気をつけて」

飄々とした様子でそう言い残し、業平は出ていった。

佳代を抱いて見送った雅恵が、三次郎に言った。

「とてもお優しいお方ですね。大変に高貴なお方なのに、決して威張らず、それでいて品格を漂わせていらっしゃいますわ。旦那さまは、すばらしいお方をお守りする役目に就《つ》かれているのですね」

雅恵の誇らしげな顔が嬉しい。

そこで、ふとさきほど会った鳥居耀蔵の顔が浮かんだ。居丈高で、業平とはまったくの好対照だ。人を陥《おとしい》れることばかりを考えているような気すらする。

「湯屋へ行ってくる」

三次郎は鳥居のことを頭から払いのけると、さっさと湯屋に向かった。


その晩、夜九つ近くなったころ——。

深川回向院裏の閻魔堂に、十日余の月に照らされた、飛鳥業平と寅吉の姿があった。

ふたりとも木陰にひそみ闇に溶けこみながら、閻魔堂の境内に隠れている。夜風が、生い茂るにまかせた草むらをざわざわと揺らしていた。

「灯《あか》りが見えますぜ」

寅吉が語りかけると、

「静かにしていなさい」

注意をしてから業平は腰に提げた金鞘《きんざや》の太刀に手をかけた。そして足音を消し、閻魔堂に近づいていく。なにやら声がした。複数の人間がいるようだ。

「どうしやす」

寅吉がささやくように聞いてくる。

「入りますよ」

「そりゃ無茶ですよ。その前に、中の様子を探ってきます」

「かまいません」

「危ないですって」

「ならば、わたしひとりで行きますよ」

そう言うと、躊躇《ためら》うことなく閻魔堂の階《きざはし》へと歩いていった。寅吉としては続くしかない。

ほとんど腐りかけの階に足をかけると、業平は軽やかな足取りで濡れ縁に立ち、少しの躊躇《ちゅうちょ》もなく観音扉を開けた。

話し声がぴたりとやんだ。

閻魔大王の木像の前に、車座になって十人ほどの男がいる。真ん中に蠟燭《ろうそく》を灯《とも》し、書物を置いてなにやら議論をしていたようだ。

「な、なんだ」

誰からともなく、業平に対する声があがった。

「心配いりません」

業平は胸を張る。

といっても、彼らは驚くばかりだろう。

突然、真っ白い狩衣《かりぎぬ》、真紅の袴、立て烏帽子といった男が現れたのだから、驚くなというほうが無理というものだ。

ところが、そのなかから、

「中納言さま」

という声がした。蠟燭に照らされたその男は、町村了英である。

「やはりおられましたか」

業平は了英に向かって言った。

「どうされたのですか。どうしてここへ……」

そこで思いだしたかのように、了英は周囲の者たちに業平のことを説明した。

みな、業平の素性を知り、驚きと戸惑いの表情となった。このなかに、渡辺崋山と高野長英はいないようだ。

「あなた方を助けようと思ったのですよ。どうして、ここに集まっているのですか」

みなはお互い顔を見まわしたが、了英が代表して、

「我らの同志、山上総意からここに集まるように言われました。なんでも、西洋の珍しい書物が多数手に入るので、みなに貸し与えたいと」

「それは罠です。山上はそういう口実で、あなた方をここに誘いこんだのです」

「なぜ、山上がそのようなことを……」

「殺人魔の罪を負わせるためです」

「まさか……山上がどうして」

「それは本人に聞いてみましょう。もうすぐやってくるはずですから」

業平が言ったそばから、境内に人の足音が近づいてきた。

「あなた方はここで待っていなさい」

と言い残し、業平が勢いよく外に飛びだした。

草むらの中に、やくざ者が五人と、医者のような格好をした男がひとり立っている。

八

「それは、なんですか」

業平が感情を見せぬ声で問いかける。やくざ者のひとりが、肩に全裸の女を担《かつ》いでいた。女の様子から、すでに死んでいることがわかった。

「おまえ、何者だ」

山上が鋭い声を放つ。

業平はそれには答えず、

「その亡骸を、閻魔堂に運びこむつもりですね。そして、あたかも尚歯会のみなさんが、これから腑分けしようとしているかのように見せかけるのでしょう。そして、その場に町方を踏みこませる……」

女の亡骸を担いでいた男が、

「この妙な男は何者です？」

と、戸惑いを示した。

「何者か知らんが、邪魔者に違いない。やってしまえ」

山上に言われ、やくざ者が亡骸を草むらに放り投げた。

「死者に対する冒涜《ぼうとく》ですよ」

業平が冷めた声を発する。

「うるせえ！」

やくざ者五人が、いっせいに匕首《あいくち》を抜いた。

業平が金鞘の太刀を抜き、右手に持つと、やくざ者ふたりが突っこんできた。

業平は飛ぶように避けると、ふたりの背後にまわって、首筋に峰打ちを放つ。

ふたりはつんのめり、草むらの中に突っ伏した。続いて、三人がめったやたらと匕首を振りまわしてくる。

業平が右手と右足を高々とあげた。月明かりに照らされたその姿は、神々《こうごう》しいまでの美しさで、やくざ者たちが一瞬息を呑んでしまったほどである。

が、それも束の間。

業平は独楽《こま》のように回転すると、やくざ者に疾風《しっぷう》のように襲いかかり、太刀を振るった。業平の太刀が月光を弾き、光のような軌跡をたどる。

匕首が次々と宙に舞いあがり、三人は腰を抜かして草むらを這《は》いまわった。

「おまえたち、この男にそそのかされ、殺しをしていたのですね」

すでに、山上は寅吉に縄を打たれていた。

やくざ者たちが口ごもる。

「なんですか、はっきり言いなさい」

業平が太刀の切っ先を向けると、やくざ者のひとりが首をすくめ、

「人を殺して、ここに運べって、誰だっていいって……ただ、三人目の男だけはあっしらじゃねえ。山上先生が殺して、あっしらがここに運んだんだ」

そこで、業平が冷たい眼差しを山上に送った。

「茂助には恨みがあったのです。わたしは、扇屋の娘に惚れておりました。なのに、お玉《たま》はわたしのことをすげなくして……みんな、茂助のせいです」

山上は激しく首を横に振った。

「そうした逆恨みで茂助を殺《あや》めたのですね」

「は、はい」

山上はうなだれた。

「亡骸から臓器を抜き取ったのは、尚歯会を陥《おとしい》れるためですか」

「尚歯会なら、いかにも腑分けをやるだろうと思わせたのです」

「それはあなただけの考えですか。それとも、誰かに頼まれたのですか」

と、そのとき、

「御用だ！」

という声とともに、御用提灯《ごようちょうちん》の群れが迫ってきた
「目付、鳥居耀蔵である、南町奉行所ともども、尚歯会の者どもを捕縛する」

陣笠をかぶった鳥居が、鞭《むち》を振るい大音声《だいおんじょう》に叫んだ。

大きなおでこのため陣笠が浮きあがり、不恰好なこと、このうえない。

鳥居は提灯に照らされた業平と山上たちを見て、息を呑んだ。それでも、己《おの》が威厳を示すように、

「何者であるか」

鳥居が居丈高に声を放つと、横から、三次郎が進み出た。

「鳥居さま……こちらは、飛鳥中納言業平さまであられます」

鳥居は「……飛鳥中納言さま」と、口の中で反芻《はんすう》して、

「これは、失礼申しあげました。ですがいま時分、このような場所におられると

は、いかなることでございますか」

業平は鳥居の問いかけを軽くいなし、

「尚歯会のみなさんは無実です」

「はあ……」

鳥居は口をあんぐりとさせている。

「尚歯会のみなさんは罠にかけられたのです。この山上によって」

そこで初めて気づいたように、鳥居が山上を睨んだ。

「山上は、誰かに尚歯会を陥れるよう、依頼されたのかもしれません。それとも、尚歯会によほど恨みを持っているのか」

と、そこで——。

「おのれ、たばかりおって」

いきなり駆け寄ると、抜刀した鳥居が山上の胸に大刀を突き刺した。みな、はっとしたが、止める間もない瞬時の出来事である。

「鳥居さん、なにをするのですか」

業平は鳥居を諫《いさ》めたが、時すでに遅く、山上は息を引き取っていた。

真夏の夜にもかかわらず、とても薄ら寒い光景であった。

「中納言さま、お手数をおかけしました」

何事もなかったかのように、鳥居が慇懃《いんぎん》に頭をさげた。

「なぜ殺したのですか」

「このような悪党、成敗して当然でございます」

「山上に黒幕がいたかもしれないではありませんか」

「悪党の話など信用するに足りません」

鳥居は決然と言い放つと、

「ならば、撤収じゃ」

捕方がやくざ者を捕縛し、連れ去っていった。

ひとり残った三次郎が、

「無茶をなさいますね」

「あのままですと、無実の人たちに罪が着せられたでしょう。蘭方医に狙いを定めよ、と申したわたしの責任もあります。それで、今回は黙っていられませんでした」

——今回だけではないだろう。

内心でつぶやきつつも、三次郎は業平の行動にさわやかなものを感じた。

それにくらべて、鳥居耀蔵……なんという不快で不気味な男であろう。

その翌日、守屋貞斎の屋敷の書斎でのこと。

守屋の前には、おでこの張った醜悪な容貌の男が平伏《へいふく》していた。目付、鳥居耀蔵である。

「御前、今回はしくじりましてございます」

鳥居が、昨晩の捕物の様子を報告した。

「思いもよらぬ邪魔が入りました。飛鳥業平とか申す公家でございます。その公家さえいなければ、首尾《しゅび》よく尚歯会の者どもを召し取ることができたのです。山上めを抱きこみ、一連の殺しを尚歯会の仕業に見せかけたのに、あの……」

「くどいぞ。愚痴《ぐち》はそれくらいにしておけ」

貞斎の鋭い視線を浴び、鳥居は口をつぐむと両手をついた。

「飛鳥業平か……」

貞斎は鼻を鳴らした。

鳥居は、はっとしたように顔をあげ、

「御前、飛鳥業平をご存じでございますか」

「水戸藩邸で知り会うた。おもしろい男と思ってな。わが屋敷に招待し、仲間に誘ってみたが断られた」

貞斎が薄笑いを浮かべた。

「いったい、何者なのでしょう」

「水戸家が、大日本史編纂のために招いたとのことじゃ。本人はすっかり江戸が気に入り、市井に暮らしておる。大日本史編纂の余暇に、探索の真似事などをしておるそうじゃ」

「探索の……そんなものに興味を持っておるのですか」

「奇妙な男じゃ。名誉のためでも、もちろん金銭のためでもない。好奇心のためだけにおこなっておるのじゃ」

「はあ……」

鳥居の小さな目が、戸惑うように揺れた。出世欲、権力欲の塊《かたまり》のような男には、業平のおこないはとうてい理解できないだろう。

「あえて申せば、真実を見極めたいという欲求があるのかもしれんな。こういう男は厄介じゃ。のう、鳥居」

「御前にとりまして障害となりましょうか」

「おまえはどう思う」

「この世の悪党を一掃するという御前の高邁《こうまい》なるお心のもとに、西洋かぶれ、西洋に日本を売り渡す尚歯会根絶の好機を阻《はば》んだということは、飛鳥業平、おおいなる妨《さまた》げでございましょう」

鳥居は声を励ました。

考えこむようにして、貞斎が、

「当分、身辺を見張らせよう。隠密をわしのもとに寄越せ」

「承知いたしました。腕利きの男がおります」

「間違いなかろうな」

「はい」

鳥居が力強く答える。

「おまえが申すのじゃ。たしかな者であろう」

静かに微笑む貞斎の肌艶《はだつや》が、鳥居の目にはいっそう輝きを増したように映った。

飛鳥業平という厄介者を知ったことが、貞斎を若返らせたようだった。

第四話　踊る殿さま

一

夏盛りの六月の二十日、和藤田三次郎は小梅村《こうめむら》にある水戸徳川家の蔵屋敷にいた。もちろん、飛鳥業平のお供である。

昼八つを過ぎたころだ。庭に面した十畳の座敷は障子が開け放たれ、欅《けやき》が影を作っていて、ほどよい風が吹きこんでくる。昼餉を食し、上等な水菓子もご馳走《ちそう》になった。

いまはひたすら、御殿の玄関近くの控えの間で、業平が仕事を終えるのを待っている。

なにもしないでただ待つというのは、業平の掛《かかり》になった当初はつらいものだった。じっとしているだけで役目を果たすということに、ずいぶんと心を悩ましたものだが、それも最初の数日のことで、人間はつくづく慣れるものだ。

昼を過ぎ、腹が満たされてくると、ついうつらうつらと船を漕ぐのが日常となり、今日も、木陰から吹きこむ涼風に身をゆだねているうちに、うたた寝をしてしまったらしい。

不意に遠くで、

「中納言さま、お帰り！」

という声がする。

お帰りか、とぼんやりと頭の中で反芻《はんすう》する。まるで夢の中での出来事のようだ。

廊下を足音がした。続いて、

「お気をつけてお帰りになさりませ」

水戸家の家臣の声が聞こえた。

――いけない。

自分の迂闊《うかつ》さに気がついて、眠い目をこすり、すぐに立ちあがろうとしたが足が痺《しび》れて立てない。ひっくり返りながら、這《は》って廊下に出る。

玄関前に横付けにされた網代駕籠《あじろかご》に、業平が乗りこむところだった。

――失態だ。

居眠りをして、危《あや》うく業平の警護を怠《おこた》ったとあっては大変だ。

三次郎はあわてて玄関に走る。痺れた足のため、廊下を滑《すべ》りそうになったが、どうにか玄関を出た。

同時に、業平を乗せた網代駕籠が出立《しゅったつ》した。いつものように、前後を警護の侍が固めている。

「申しわけございません」

三次郎は駕籠の横に立ち、声をかけた。だが、業平の返事はない。引き戸を閉めたままだ。

――お怒りになったか。

居眠りをして出迎えなかったことで、業平の怒りを買ってしまったのではないかと、三次郎は危ぶんだ。

「今日は、過ごしやすうございますな」

業平の機嫌を取ろうと声をかける。しかし、依然として引き戸は閉じたままで、なんの応答もない。

臍《へそ》を曲げてしまわれたか。

そう思うと、不安になる。源森川《げんもりがわ》に架かる源森橋を渡って、大川端を深川に進む。いつもなら、大川の川風を取りこもうと業平は引き戸を開けるのだが、今日はよほど機嫌が悪いとみえ、閉じたままである。

この暑さだ。駕籠の中は茹《ゆ》だっているのではないか。そんなつらい思いをしてまで、三次郎と口をききたくないのか。

――そんなにも機嫌を損ねてしまったのか。

三次郎は、自分の迂闊を悔いるのと同時に、業平らしくないという疑念を抱きもした。自分の思いに忠実なことこのうえない業平ではあるが、いつまでもぐずぐずと不機嫌さを引きずる人物ではない。

となると、身体の具合でも悪いのか。

そう思うと、三次郎までなんだか気分が悪くなってきた。胸にわだかまりを抱きながら、駕籠は中之郷竹町の家に戻り、木戸に駕籠が横付けにされた。

「着きましてございます」

三次郎は引き戸の前で片膝をついた。

しかし、返事はない。

――まだ、怒っているのか。

これでは、いかにも大人げないではないか、それとも、中で異変があったのか。

「失礼いたします」

三次郎が手をかけたところで、引き戸が開けられた。三次郎はあわてて頭を垂れ、業平の沓《くつ》をそろえて引き戸の前に置く。真紅の袴が見えた。

と、

「ああ、暑い」

頭上で妙な声がした。

業平の声ではない。

はっとして顔をあげると、そこには業平とは別人がいた。真っ白の狩衣を身に着け、立て烏帽子をかぶっているが、業平とは似ても似つかない無骨な男である。

男は顔中に汗をかきながら、「暑い」という言葉を連発した。

しばし呆然としたが、

「飛鳥中納言さまはいかがされたのですか」

三次郎は戸惑いの目を向ける。

男は息を整え、

「これは失礼つかまつった。拙者《せっしゃ》、水戸家台所方、兵頭健太郎《ひょうどうけんたろう》と申します。じつは中納言さまに頼まれまして」

兵頭が言うには、昼の食膳を調えたとき、業平から自分に成りすましてくれと頼まれたという。たっての頼みとあって断りきれず、業平の着物を着て、業平には水戸家から着物を貸し与えた。

「中納言さまは、どうしてそのようなことをなすったのですか」

「理由は申されなかったのです。ただ、どうしても、と強くおっしゃいまして、しかたなく」

兵頭は頭を掻《か》いた。

「そんな……それで、中納言さまはどちらへ行かれたのですか」

「それも申されませんでした」

兵頭は頼りないこと、このうえない。

「兵頭殿……」

怒鳴りつけたい気持ちになったが、三次郎とて、うたた寝をしていたのだから強くは言えない。

兵頭はいま思いだしたように、

「それから、和藤田殿に中納言さまから言付けがございます」

それを早く言え、と内心でつぶやき、

「なんでござる」

「わとさんに、心配ない、と伝えてくださいさい、と」

「はあ、心配ない……それだけですか」

「そうです」

兵頭の暢気《のんき》な物言いには、腹立ちを通り越して呆れ返ってしまった。

「では、拙者はこれにて」

兵頭は一礼すると、踵を返した。今度は、駕籠に乗ることはしなかった。畏れ多いという遠慮と、駕籠の中の猛烈な暑さが嫌になったのだろう。

兵頭の背中を見送りながら、三次郎は木戸で立ち尽くした。

心配するなと言われても、このまま待っていていいものか。

そこへ、

「お帰りなさい」

寅吉の明朗《めいろう》な声がする。

浮かない顔をしている三次郎に、

「あれ、磨の旦那はどうしたんです」

知らないとはいえ、寅吉の明るさに苛立《いらだ》ちを覚えた。それを苦い表情に表し、

「それが……行き方知れずだ」

「どういうことですよ」

寅吉は目をむいた。

「わからん。お駕籠に自分の身代わりをお立てになられて」

三次郎は、兵頭が身代わりとなった経緯《いきさつ》を語った。

「そらまた、どうしてそんなことをなすったんですかね」

「こっちが聞きたいよ」

ここでようやく三次郎の苛立ちに思いあたったのか、寅吉も声の調子を落とし、

「で、どうします」

「それをいま考えているんだ」

ところが、寅吉はまるで聞いていなかったように、

「このまま待ちますか。それとも探しますか」

などと、対処を迫ってくる。

「探すといってもな」

――まずは、気を静めよう。

業平が身代わりを立ててまで姿を隠したということは、三次郎に知られたくな

い事情があるに違いない。それを、わざわざ探しだすのも憚《はばか》られる。

おそらく、水戸家も承知のことなのだろう。まさか、さらわれたというわけでもあるまい。となれば――。

「このままお待ちするとしよう」

「それでいいですかね」

寅吉は不安そうだ。

「探すといっても見当がつかん。ひとまずは、日暮れまでここでお待ちする」

家の中に入ると、居間でお紺が待っていた。

「お帰りなさいませ」

皿に西瓜《すいか》が乗っている。

「こら、美味《うま》そうだ」

さっそく寅吉が手を伸ばしたが、お紺にぴしゃりと叩かれ、

「業平さまが先です」

「ああ、すまねえ」

お紺に叩かれた右手を恨めしそうに見ながら、寅吉が三次郎をちらりと見た。

「……それがな、飛鳥殿はまだ水戸藩邸なのだ」

「さきほど、お駕籠が着いたようですけど」

　お紺は小首を傾《かし》げる。

「いったんはお戻りになったのだが、急遽《きゅうきょ》、水戸藩邸での用事を思いだされ、引き返されたのだ」

　三次郎の頬に汗が伝わった。

「お忙しいのですね」

「今日は遅くなるんじゃないかな」

　念のため、三次郎は付け加える。

「しかたねえよ、御用とあってはな。麿の旦那は、難しいご本の手伝いをなすっているんだからさ」

　そう言いながら、寅吉はふたたび西瓜に手を伸ばした。今度はお紺も拒絶せず、
　寅吉は遠慮なく西瓜をむしゃむしゃと食べる。

「和藤田の旦那もどうぞ」

　お紺に勧められ、三次郎も西瓜を手には取ったものの、とても食べる気にはならない。

「旦那、どうなすったんです」

「いや、なんでもない」

「でも、なんだかお疲れのようですよ」

「ちょっとな」

お紺の言葉をいなすように、三次郎は西瓜にかぶりついた。食べてみると、口の中がからからに渇いていたためか、西瓜の冷たさが舌に広がり、甘味が全身に染み透っていく。

「早く帰ってくればいいのにね」

お紺が、ぽつりと言った。

二

黒地の地味な小袖に黒の角帯を締め、大刀は差さず、脇差のみを腰に帯びて、業平は水戸藩邸の裏門を出た。

そのまま、墨堤《ぼくてい》を北上する。日は西に傾いているが日差しは強く、大川の水面は鏡のように煌《きらめ》いている。土手の上は、焦《こ》がれるような熱気がこもり、かろうじてときおり吹く川風に涼を感じるくらいだ。

右手に三囲稲荷《みめぐりいなり》、左手に竹屋《たけや》の渡しが見えた。三囲稲荷は深川七福神のひとつ大黒天が祀《まつ》られていることから、この暑いなかでも参詣客が絶えない。

渡し舟を利用する者も多かった。渡し舟に乗れば、浅草まではすぐだ。

わざわざ一町も下流の吾妻橋《あづまばし》を渡るより、渡し舟に揺れていくほうがはるかに楽というものだ。

業平は足早に土手の上を歩く。

連なる桜並木は、八代将軍徳川吉宗《よしむね》が庶民の花見のため植えたものだ。

だが、盛夏とあっては桜も優美さを潜め、どこにでもある木々に過ぎない。

右手は一面の田圃《たんぼ》で、青空の下に映《は》える緑が見ていてなんとも清々《すがすが》しい。

間もなく、最勝寺《さいしょうじ》が見え、北に隣接している長命寺《ちょうめいじ》が目指す目的地だ。

見えてくるとつい、足取りが軽くなる。

業平は土手から駆けおりると、長命寺の山門をくぐった。

境内を散策する者を見まわす。ここも深川七福神のひとつ弁財天が祀られているが、弁財天と並んで、桜餅が名物として知られている。

そう思いいたり、境内の茶店に目をやると、業平は迷わず足を向けた。

小上がりになった入れこみの座敷には、まばらに客がいる。風通しのいい座敷は、衝立《ついたて》でいくつか間仕切りがしてあった。

そのひとつに、業平は視線を向ける。

業平の顔から笑みがこぼれた。

次いで、ゆっくりと近づく。衝立のかたわらに立ったところで、

「おひさしゅうございます。倫子《りんこ》さん」

と、声をかけた。

その物言いは、三次郎が聞けば違和感を抱いただろう。それほどに、業平とは思えない緊張を帯びた、どこか不慣れで遠慮がちなものだった。

衝立の向こうから、

「業平さま、ようこそお越しくださいました」

と、いかにも雅《みやび》な声が返される。

衝立の向こうにまわると、女が端然と座っていた。上品な着物に身を包み、かたわらには女中がいる。女中は頭をさげると、その場を立ち去った。

「おひさしぶりです」

ふたたび挨拶《あいさつ》し、業平は軽く頭をさげた。

「業平さまもお元気そうで」

倫子は微笑む。その笑みには、おかしがたい品があった。瓜実顔《うりざねがお》に白い肌、おちょぼ口と、いかにも都の女である。

倫子は、羽林《うりん》家に属する公家、相田川《あいだがわ》家の次女として生まれた。

業平よりふたつ下である。相田川家は家業が笛ということで、業平はたびたび屋敷を訪問し横笛を習い、親しく交わっていた。

ところが、十年前、倫子は奥羽喜多方《おううきたかた》藩植松《うえまつ》家の当主、昌光《まさみつ》の正室となった。

喜多方藩は十五万石、国持ち格の家格を誇る。相田川家は業平同様、従二位権大納言《じゅにいごんのだいなごん》まで進めるといっても、家禄は三百石に満たない。その暮らしぶりは楽ではなかった。

大藩の正室に迎えられるということは、結納金はもちろんのこと、倫子が輿入《こしい》れしてからの援助も、おおいに期待できるのだ。

「業平さま……急にお呼びしまして、すみません」

倫子が笑みを消して言った。

「気になさりますな」

「お困りではございませんでしたか」

「暇《ひま》な身ですので」

「水戸さまのお手伝いをしておられるとか」

「まあ、ちょっとした手伝いです」

「業平さまは、お変わりになりませんね。ちっとも、お歳を召されまへんわ」

倫子のはんなりとした京言葉は、業平の耳に心地よく届き、自然と自分も、

「倫子さんもや。十年前と少しも、いえ、よりいっそう美しくならはった」

京都訛《なま》りとなり、扇子で顔に風を送った。

「業平さま、江戸で世慣れたのではありませんか。以前は、お世辞など言われませんでしたのに」

「そんなこと、ございませんが」

業平は、額に汗が滲《にじ》むのがわかった。

倫子がおかしそうにくすりと笑い、業平は気恥ずかしさを払いのけるように、

「ところで、本日のご用向きは」

やや緊張を帯びたような表情となると、倫子の目尻に小皺《こじわ》が見えた。それが、倫子が過ごした十年という歳月をうかがわせた。

「殿さまのことなのです」

「植松肥前守《ひぜんのかみ》殿のこと、ですか」

業平は聞きなおした。

倫子はうなずくと、

「今月になりまして、殿さまは奇矯《ききよう》な振る舞いをしはるんです」

「どないな振る舞いですか」

「猿まわしの囃子《はやし》方にあわせて……猿の真似事を」

「それはまたどうして」

「わかりません。わからないので、とても不安なのです」

倫子はうつむいた。

濃い睫毛《まつげ》が、微風に揺れる。憂鬱《ゆううつ》な影が顔に差し、不謹慎ながらなんとも言えない色気を感じさせた。

「それで倫子さんは、植松殿の奇矯な行動について、わたしに相談を持ちかけた、と」

「業平さまの江戸に来られてからのご活躍は、ずいぶんと耳にしました」

「たいしたことありません」

「いいえ、江戸で起きたさまざまな奇怪な事件を、見事、落着に導いたお公家さまがいてはると……それが業平さまのことでございますね」

「まあ、それはいいでしょう。それで、わたしにどうせよと」

「近日中、業平さまがご都合よろしいときに、お訪ねいただきたいのです。わたしと殿さまで歓待申しあげますから、そのとき、殿さまの様子をご覧になられて、おこないの意味をただしていただきたいのです」

倫子が真剣な眼差しを向けてきた。業平は、ふう、と息をつき、

「倫子さんがお困りということでしたら、お引き受けしましょう」

「助かりましたわ」

倫子は頰を綻《ほころ》ばせた。

「この十年、長いようで短かったものです。倫子さんはいかがでした」

「わたくしは……」

そこで、憂《うれ》いを含んだ瞳を業平に向けてきた。

「ご苦労されたのですか」

「当初は江戸の水が合わず、武家の暮らしぶりにも馴染めませんでした。ですが人間、慣れるものですね。いまではそれなりに楽しんでおります。今日も参詣に出かけるといって、屋敷を出てきたのです」

「それはよかった」

「でも、ときおり、都が懐《なつ》かしくなりますわ。業平さまと一緒に詣でた、上賀茂《かみがも》神社、貴船《きふね》神社の清流が」

「そうですか」

乾いた声を出したが、業平とて内心では懐かしんでいた。その心情は、落ち着かない素振りに表れていたかもしれない。

「桜餅、どうぞ」

「はい」

倫子が勧めてきた桜餅をつかみ、業平は口に持っていった。

「業平さま、あの」

倫子があわてて止めようとしたが、時すでに遅く、業平は口の中に入れてしまった。桜の葉が巻かれたままである。

「ああ」

口ごもったが、倫子の手前、いったん口の中に入れたものを吐きだすこともできず、

「うっ」

顔を真っ赤にして、必死で飲みこもうとする業平に、倫子は茶を差しだして、

「これをお飲みください」

業平は内心で「かたじけない」と言い、茶とともに桜餅を飲みこんだ。

「はあ、すみません」

「業平さま、本当に大丈夫ですか」

「いけませんね。とんだ失敗をしたものです。どじを踏んでしまいました」

「どじ、でございますか」

倫子が怪訝《けげん》な表情を浮かべる。

「これは失礼しました。はしたない言葉を使ってしまいましたね。江戸の市井に暮らしておりますので。そんな言葉を使う者が、まわりにおるのです」

「市井の言葉なのですか。どういう意味でございます」

「失敗したという意味です」

「まあ、そないなことどすか」

「わたしとしたことが、葉っぱをつけたまま桜餅を食すとは……お恥ずかしい」

「でも、なんや、安心しましたわ」

「どうしてです」

「業平さまは、いつも難しい本ばかりを読んではったから、そない市井の者とも交わりはって、お人がやわらかくなったのやないですか」

「そうでしょうかね」

今度はちゃんと葉を取り払い、業平は桜餅を食べた。餡《あん》の甘さが口中に広がり、濃い目の茶がありがたい。

「これは美味《びみ》な」

「ほんに、ここの桜餅はおいしゅうございます」

倫子も笑みをこぼした。業平はその笑顔をじっと見ながら、

「では、藩邸にうかがう日をご連絡します」

「お待ちしております」

「そうだ、供の者を連れていきますね」

「ええ。いらしてください」

「それが……市井のがさつな男もおるのですが」

「どじ、のお人どすか」

「そうです」

するとと、倫子はおかしそうに吹きあした。業平の心のなかに、懐かしい倫子の面影がよみがえる。

「では、失礼します」

倫子が腰をあげた。

業平は、倫子の姿が見えなくなるまで、その場で見送った。なにか甘酢っぱいものが、胸にこみあげてきた。

三

業平は知る由《よし》もなかったが、その倫子を見る、もうひとりの男がいた。

大きな風呂敷包みを背負って、一見して行商人風である。歳三十路《みそじ》なかば、黄土色の肌をした、いかにも不健康そうな男だ。

額がせまく、三白眼《さんぱくがん》で頬骨が張っている。誰にも親しみを抱かせない容貌《ようぼう》を持つこの男、徒歩目付《かち》の瓜生剛馬《うりゅうごうま》である。

身分は徒歩目付だが、隠密での探索業務をもっぱらとしており、このため、隠密目付と呼ぶのがふさわしい。

瓜生は、鳥居耀蔵が守屋貞斎に遣わした腕利きの隠密である。

貞斎はさっそく瓜生に、業平のおこないを監視するよう命じた。

瓜生は水戸藩邸を監視するうち、駕籠に乗った男が業平ではない、と見抜いていた。あらかじめ、業平の自宅に行き、面差《おもざ》しを確かめていた瓜生は、違う人間が駕籠に乗りこんだことを確かめていたのだ。

業平がそんなおこないをする以上、きっと、なにか目的があってのことに違いない。そう踏んで、長命寺まで業平を追ってきたのである。

——その甲斐《かい》があったというものだ。

密会相手が何者かはわからない。しかし、その身形からして、かなりの身分にある女とわかる。さすがに、ふたりに近づいて会話の内容を確かめるまではいかなかったが、女が乗りこんだ駕籠——螺鈿細工の女駕籠。

こんな駕籠に乗ることができるのは、大名の奥方に決まっている。

飛鳥業平と大名の奥方。

この取りあわせに、瓜生の探索心が疼《うず》かないはずはない。

瓜生にとって、探索に勝《まさ》る楽しみはない。人の暗部、秘密を知りえたときの快感。瓜生はそれが楽しみで、この役目をおこなっている。金よりも出世よりも、はるかにやり甲斐を感ずる。

瓜生は舌舐めずりをする思いで、駕籠を追った。

そんなことを知る由もない業平が、自宅の玄関に足を踏み入れた途端、

「飛鳥殿、どこへ行っておられたのですか」

三次郎の困ったような顔に出くわした。

「今日はすいませんでしたね」

業平は澄まし顔である。

「肝《きも》を冷やしましたよ」

三次郎としては、さすがに反発心をおさえることができない。だがそれを露骨《ろこつ》に見せるわけにもいかず、心持ち声を上ずらせることで抗議とした。

「どこへ雲隠れをなすっていたんです」

横からは、寅吉が訝《いぶか》しそうに訊ねてきた。

「さて、どこでしょうね」

業平はいなすように言って、居間に入った。

「お武家の格好をなすって、怪しげですよ」

寅吉の遠慮のない詮索に、

「これ、お土産《みやげ》ですよ」

と、業平は竹の皮に包まれた桜餅を差しだす。三次郎が、

「桜餅ではないですか、長命寺に行かれていたのですか」

「そうです」

「長命寺に行かれるのなら、ひとことおっしゃってくだされば、わたしもお供いたしましたのに」

「ひとりで散策がしたくなったのですよ」

「この暑さのなかですか」

つい、三次郎が詰問口調になる。

横から寅吉が、

「いい女との逢瀬《おうせ》を楽しんでらしたんでしょう」

すると、たちまちお紺が、

「業平さまが女と逢瀬ですって」

と、血相を変えた。

「そんなことはしていません」

三人の巻き起こす賑《にぎ》やかさに負けず、業平は平然と返す。お紺が、桜餅に目を向けて、

「長命寺に行かれたのですか。おまけに、そんな格好なんかして……寅吉親分の言うとおり、きっと、隠しだてしているんだわ」

顔を真っ赤にするお紺を見て、寅吉が苦々《にがにが》しげにつぶやいた。

「こいつはどじったぜ」

寅吉にすれば、自分の言葉で、お紺の悋気《りんき》に火をつけてしまったと悔いているのだろう。

すると、

「どじった、か」

突然、業平が笑い声をあげた。

「どうしたのですか」

お紺は目を白黒させている。

「いえ、どうもしませんよ」

なおも笑いながら、業平がかぶりを振る。

「その秘密めいたご様子、気になりますよ」

「それより、喉《のど》が渇きました。茶など持ってきてください」

「お待ちください」

お紺は拗《す》ねたような物言いで、台所へと向かった。

「やれやれ」

業平は苦笑を漏らすが、三次郎はそれで済ませるわけにはいかない。

「いったい、どうされていたのです」

と、やや声を大きくした。

業平はやんわりとそれをいなし、

「わとさんと寅も、大名屋敷にまいりましょう」

三次郎は寅吉と顔を見あわせた。

「ええっと……それはどこですか」

「喜多方藩の藩邸ですよ」

「喜多方藩ってえと、植松肥前守さまですね。なんか、ご用事でもあるんですかい」

寅吉が聞いた。

「喜多方藩から招かれたのです」

業平の言うことは、いつもながら唐突すぎて理解できない。

「それはいかなることでしょう」

三次郎とて戸惑うばかりである。

「まあ、いいではありませんか」

業平は含み笑いを漏らした。

「なんですよ、磨の旦那。ああ、そうだ、長命寺の散策とかかわりがあるんですね。あっしゃ、その影に女あり、と見ましたぜ」

寅吉が手を打った。

「寅、うるさいですよ」

思いもかけず核心を突かれ、業平は顔をしかめる。

「不機嫌になったってことは図星でしょ」

「おまえは本当にがさつですね。いいから、黙っていなさい」

三次郎が代わって、

「喜多方藩と申せば、外様《とざま》の雄藩《ゆうはん》、藩主植松肥前守さまは国持ち格です。そのような大藩のご藩主と親交がおありなのですか」

「ありません」

業平はきっぱりと首を横に振る。

「それなのに招かれたのですか。殿さまと親交がなくて、訪問をなすってよろしいのですか」

三次郎の心配には、またもや寅吉が、

「心配ご無用ですよ。なにせ、麿の旦那は泣く子も黙る中納言さまなんですからね。そんじょそこらのお大名でも、へへえってなもんだ」

例によって調子のいいこと、このうえない。

「そら、そうだが」

一応は賛成したものの、三次郎の心配は去らない。

——これはまた、厄介な一件がはじまる前兆なのではないか。

そんな不満にさいなまれてしまう。

「ま、楽しみにしておりましょう」

三次郎の心配などどこ吹く風とばかりに、業平は涼しい顔をした。

「なら、桜餅でも食べますかね」

寅吉の能天気は相変わらずである。

「では、日が決まりましたらお報せください」

三次郎は、そう言うしかなかった。

三河島、守屋貞斎の屋敷——。

夜の帳《とばり》がおり、庭の石灯籠《いしどうろう》に火が入れられ、池の畔《ほとり》には螢《ほたる》が飛び交っている。

貞斎は数奇屋の縁側に座り、夜風にあたって涼を取っていた。白絹の寝巻きといった、くつろいだ格好である。

瓜生剛馬は、貞斎の足元で片膝をついていた。

「苦しゅうない」

貞斎が正面を向いたまま声をかける。

石灯籠の灯火を受け、瓜生の三白眼が揺れた。

「飛鳥中納言さまにございますが、本日、水戸さまのお屋敷から直接ご自宅には戻られず、長命寺を参詣なされました。そして、その長命寺におきまして、さる婦女と密会に及ばれましてございます」

貞斎は口元をわずかにゆるめたが、唇は引き結んだまま先をうながす。

貞斎の反応がないため、瓜生は自分の働きが評価されるのかどうか不安になったが、それでも、ここはきちんとした報告をせねばならないと声を励ます。

「その後、その婦女をつけましたところ、本所にある喜多方藩中屋敷に入っていかれました。喜多方藩植松肥前守さまの奥方さまと思われます」

貞斎はここで口を開いた。

「植松肥前守昌光殿の奥方は倫子殿。たしか、大納言の相田川金友《かねとも》卿の次女であるな」

「さすがは御前、よくご存じでございます」

「世辞はよい」

貞斎にぴしゃりと跳ねのけられ、瓜生は首をすくめた。

「倫子殿が飛鳥中納言殿と面識があったとしても、おかしくはない。肝心《かんじん》なことは、なにゆえ密会をしていたか、だ」

「それは、まだつかんでおりません」

「たわけめが。それを突き止めないで、なにが隠密じゃ」

貞斎は、言葉を荒らげることも表情を変えることもない。それだけに、その言葉が瓜生の胸に深く突き刺さる。

瓜生は蜘蛛《くも》のように這いつくばり、いかにも畏れ入ったという素振りを見せた。

貞斎はそんな瓜生から視線を外し、

「飛鳥業平が、倫子と逢瀬を楽しんでおったというのなら、特別、騒ぎたてることはない。じゃが、ほかに深いわけがあるのなら、それをぜひとも知りたいところじゃ」

　そこでようやく瓜生は顔をあげ、

「承知いたしました」

　と、声を張りあげる。

「おまえは鳥居が目をかけた男じゃ。なんとしても役に立て」

　貞斎が感情のこもらない口調で告げる。

「かならずや、ご期待にお応《こた》え申しあげます」

　瓜生が平伏《へいふく》したところで、貞斎はかたわらにある文庫から無造作に小判をつかみだすと、

「使え。使い道はおまえの勝手、報告の必要はない」

　と、小判を放って寄越した。

　暗闇に、小判が地べたを撥《は》ねる音がした。さらに貞斎は、もうひとつかみし、これも無造作に投げた。いましがた投げた小判とぶつかりあい、ちゃりん、という音が響いた。

四

瓜生は金に頓着《とんちゃく》はない。

褒美をもらうことはありがたいし、それなりに喜びも感じるが、それは金欲しさというより、自分の働きを評価してくれたことへの満足だ。

だから、与えられればもらうことに抵抗はないが、それが目的ではない。

貞斎は、瓜生とは別の意味で、金に頓着がなさそうだ。おそらく、無尽蔵に金があるのだろう。贅《ぜい》を尽くした屋敷が、それを物語っている。

多くの大名、旗本が書をねだって訪れるのは、書を欲しいということもあるのだろうが、その背後には、貞斎と交わることの利を考えているに違いない。

旗本や譜代《ふだい》大名ならば、然《しか》るべき役職を得んがためだ。貞斎は、大奥にも顔が効く。幕府の人事に大奥が影響することは、いわずもがなである。

外様大名ならば、幕閣に睨まれていないかを知りたいのだろう。もしくは、莫大な費用がかかる手伝い普請を命ぜられないよう、貞斎に工作を依頼することもあるのかもしれない。

したがって貞斎には、莫大な賂《まいない》、贈答品が贈られているに違いない。金に不自由はしていない。

——小判を無造作に投げて寄越すのは、その表れかもしれない。金に無頓着なのだろう。

瓜生は、そう思った。

——いや。

いかん。すっかり、貞斎という怪物めいた男に幻惑されているようだ。こういう男こそ、金に細かく汚いものなのだ。そんな人間を、瓜生は何人も見てきた。

瓜生はことさら卑屈《ひくつ》な態度で、小判を一枚一枚、拾い集めた。その様子を、貞斎が流し目で見ていることも知っている。

小判を拾い集め、指で丁寧に泥《どろ》を拭き取る。

——やはり……。

小判はちょうど二十枚、二十両だ。最初の手づかみで十枚、二回目で十枚とわかっていながら放り投げたのだろう。自分は金なんぞに頓着しないということを見せたいに違いない。

そうであれば、その虚栄心をくすぐるとともに、金遣いは慎重にせねばならないだろう。

「二十両もの大金、まことにありがとうございます」

瓜生はひたすらへりくだった。貞斎は薄笑いを浮かべ、

「二十両であったか。ま、そんなことはかまわぬ。とにかく、役立つ情報を持ってまいれ」

「承知いたしました」

闇の中に、瓜生の声が響き渡った。それは、ご主人さまに餌《えさ》を与えられた忠犬の鳴き声を思わせた。

――これからは、この金をなにに使ったか、書き留めておくとしよう。

貞斎が使途をただすとは思えないが、用心するに越したことはない。

その三日後、業平は三次郎と寅吉を伴って、本所吾妻橋にある喜多方藩の中屋敷にやってきた。

中屋敷は、大名の奥方や子どもたちが暮らしており、上屋敷ほど格式ばってはいない。とはいっても十五万石の大藩だけあって、屋敷の中にしつらえてある建物はいずれも立派なものばかりだった。

業平たちが着いたのは、暮れ六つを迎えようとしたとき。

そのほうがいくぶん涼が取れるし、昌光の下城を待ってのことであった。

三人は、御殿の裏手にある庭に面した大広間に通された。襖や障子が取り払われ、五十畳という大きな部屋になっている。庭には枝ぶりのいい松が植えられ、舞台があった。

大広間に、昌光と倫子が並んで座り、業平の席が上座に設《もう》けられている。三次郎と寅吉は、さすがに大広間に入ることはできず、濡れ縁に座った。

ほかにも、大広間には、重臣と思われる家臣が十人ばかり連《つら》なっている。

業平が大広間に入っていくと、昌光、倫子以下、重臣たちも、稲穂が風を受けたようにいっせいに頭を垂れた。業平は真っ白な狩衣に真紅の袴を穿《は》き、立て烏帽子というういちだんと凛々《りり》しい姿である。

昌光の前にふわりと座ると、

「飛鳥業平です。本日はお招きをいただき、まことにありがとうございます」

と、軽く頭をさげた。

「こちらこそ、中納言さまにはこの暑いなか、当屋敷にお渡りくださり、まことにありがとうございます」

昌光は、いかにも生真面目な男だった。歳は業平よりひとつかふたつ上だろう。小太りの風貌に、大藩の殿さまという風格を漂わせている。

昌光が業平を席に導き、その着席を待って庭の篝火《かがりび》が焚《た》かれた。夜を篝火の炎が焦がしだし、やがて膳が運ばれてくる。

大ぶりの鯛《たい》の塩焼きがある。昌光は蒔絵《まきえ》銚子《ちょうし》を持ち、

「まずは、ご一献」

と、業平に向けた。業平は漆塗《うるしぬ》りの杯で受け、優雅な所作で飲み干した。

すると、昌光は探るような目を向けてきて、

「国許《くにもと》より取り寄せた酒でございます。いかがでしょうか」

業平は口元を綻《ほころ》ばせ、

「美味《びみ》ですよ」

昌光は安堵したように、

「中納言さまは都のお育ちでございますから、上方の御酒でないとお口に合わないかと存じまして……ずいぶんと迷ったのでございます。なんでしたら、伏見《ふしみ》の酒もございますが」

「いいえ、けっこうです」

業平は静かに首を横に振った。

「どうぞ、ご遠慮なさらずに」

「遠慮ではないのです。わたしは都育ちと申しましても、伏見の清酒などめったに口にできませんでした。官職は中納言などとたいそうなものですが、家禄といえば、たかだか三百石。昌光さんの五十分の一、いや、五百分の一なのです」

とくに卑屈《ひくつ》にもならず、業平はしれっと言ってのけた。それにどう答えていいものか困ったらしく、昌光は口ごもってしまう。

「業平さま、殿さまを困らせせんといてください」

倫子が、横からそっと口添えをした。

「べつに困らせた覚えはありませんよ」

業平はいつもどおりの無頓着さである。いや、語調には、かすかに嫌味が感じられた。もしかすると、倫子の存在がそうさせているのかもしれない。

倫子の昌光をかばうかのような発言が、業平の勘に触《さわ》ったのだろう。

そうこうするうちに、舞台で猿楽《さるがく》がはじまった。

三次郎と寅吉は、濡れ縁で食事を楽しんでいる。

「旦那、あっしゃ、言っちゃ悪いですがね。これくれえのご馳走《ちそう》じゃ、もう驚きませんからね」

「なんだ、威勢がいいな」

「そらそうですよ。なんせ、三河島の御前のお屋敷で、たらふくごちになったんですから」

寅吉は自慢げだ。

「そうだったな。で、御前のお屋敷はそんなにすごかったのか」

「まず、器が違いますよ。料理は器で食わせるって言いますがね。酒も同じでさあ。阿蘭陀《オランダ》渡りのギヤマン細工の酒器でした」

「料理は……」

「珍味が出ましたぜ。なんて言ったかな。はむ、だったかな」

「はむ……それは聞いたことない料理だな。阿蘭陀の料理か」

「違いますよ。京の都や大坂で夏になると食べるんだそうです。湯引きにして梅干をすったものにつけましてね」

思いあたった三次郎は鼻白み、

「それは鱧だろう」

「ああ、そう、鱧。鱧でした」

間違いもいっこうに恥じることなく、寅吉は酒を手酌で飲み、よく箸を動かした。それから、

「ねえ、旦那」

と、三次郎の羽織の袖を引く。

「なんだ」

こんなときには、つくづく鬱陶《うっとう》しい男と思ってしまう。

「麿の旦那は……あの奥方さまと、どういう関係なんですかね」

「奥方さまは、都の相田川さまの姫さまで、飛鳥殿とは幼馴染《おさななじみ》だそうだ。今日、招かれたのも、その縁だということらしいが」

「それはそうかもしれませんがね、あっしゃ、麿の旦那が、奥方さまに惚れているんじゃねえかって睨んでますぜ」

「いいかげんなことを言うな」

三次郎は顔をしかめる。

「あっしゃね、男女の色恋沙汰《ざた》に関しては勘が冴えるんですよ」

さきほどから、業平が倫子ばかりを気にしている、と寅吉は指摘し、さらに倫

子が昌光と話しているとおもしろくなさそうな顔をすると付け加えた。

そう言われてみると、三次郎の目にもそんな風に映ってしまう。たしかに、今日の業平はどこかおかしい。

――妙に落ち着きがないというか、気持ちが高ぶっているというか。

「ね、おかしいでしょう」

すでに、寅吉は鼻の頭を酒で赤らめている。寅吉のことは責められない。三次郎も、ほろ酔い加減となっていた。

夜風が頬や月代《さかやき》を心地よく撫で、舞台の猿楽が楽しく見える。こんな贅沢を味わえるとは、業平の掛になった役得だろう。

これで、業平がおとなしくしてくれれば文句のないところだが、そういうわけにはいかないはず。

「そうかな」

三次郎は、寅吉の邪推《じゃすい》をあえて否定した。

「まったく、旦那は鈍いな」

寅吉の物言いは心外だが、文句は言わずにおいた。

続いて、舞台に猿まわしが登場した。彩りあざやかな小袖に肩衣を身に着けた猿まわしが、赤いちゃんちゃんこを着せた猿を連れている。太鼓《たいこ》と横笛を手にした囃子《はやし》方が、舞台の後座に控えていた。

猿まわしが大広間に向かって、恭《うやうや》しく頭を垂れた。猿もぺこりと頭をさげる。そのさまは滑稽《こっけい》で、これからおこなわれる芸への期待を抱かせた。

横笛が吹かれる。妖艶《ようえん》な音色を響かせ、夜空に吸いこまれていく。

すると、

「いいぞ」

と、大広間から大きな声があがった。

三次郎と寅吉が視線を転じた先には、昌光がいた。

五

「な、なんです」

寅吉が目を白黒させている。

昌光は手を打ち鳴らし、踊るような足取りで座敷を横切ると、濡れ縁にやってきた。思わず、三次郎と寅吉は平伏する。

ふたりなど眼中にないように、昌光は舞台に向かって、

「余《よ》も加わるぞ」

勢いよく飛びだし、舞台に駆けあがった。猿まわしは驚くこともなく、昌光を受け入れる。

猿が、昌光を歓迎するかのような鳴き声をあげた。その横で、昌光がその猿を真似ておどけて見せる。

居並ぶ重臣たちは、この光景を見て沈黙している。

ところが、酒に酔った寅吉が、

「いいぞ、殿さま」

などと声をかけたものだから、重臣のひとりにきつく睨まれてしまった。

だが、当の本人は、いい気分にできあがっている。三次郎があわてて、

「こら」

と、頭をはたいた。さすがに、大広間の異様な沈黙に気づいたのだろう。寅吉は黙りこんだ。

「これからでございます」

倫子が、業平の耳元でささやいた。

「猿真似ですか」

杯を口に運んだまま、業平は冷ややかな目で眺めた。舞台では、昌光が鼓《つづみ》や笛に合わせて踊りはじめている。

「きいい、きい」

猿の鳴き声に合わせて踊り狂うさまは、常軌《じょうき》を逸《いっ》しているとしか思えない。目だけは、しっかりと正面を見据《みす》えているものの、動きは狂人そのものだ。

重臣たちは言葉を発することもできず、視線を背《そむ》ける者、ひたすら杯を重ねる者、口を引き結びじっと見ている者、昌光の身を案ずるように心配顔をする者……さまざまである。

そのうち、倫子の目に涙が浮かんだ。

「おいたわしや」

そっと目を伏せる
「いつもこうなのですか」

「はい、殿が猿まわしがお好きで、連日のようにああして披露させてはるのです」

「……昌光さんは、もともと猿まわしがお好きだったのですか」

ふっと倫子の顔に影が差した。それからおもむろに、

「鶴千代《つるちよ》が好きなのです」

「鶴千代とは……」

「お世継ぎです」

「倫子さんがお生みになったのですか」

倫子が力なく首を横に振る。

「……お喜美《きみ》殿です」

お喜美殿が何者かは聞かなくてもわかる。昌光の側室なのだろう。

「わたくしには子はできませんでした」

寂しげに、倫子は睫毛を揺らした。

「倫子さん、まだお若いではないですか」

「慰《なぐさ》めはいりまへん」

うつむく倫子に、業平はなにか言葉をかけようとしたが、かえって倫子を傷つけるかもしれないと口をつぐんだ。

このとき、瓜生剛馬は、大広間の縁の下にいた。

蜘蛛の巣だらけで、暑さがこもり、居づらいことこのうえないが、そんなことは言っていられない。なにがなんでも情報を拾ってやる、という強い意気込みでひそんでいた。

その甲斐があってか、上では、妙な展開となっていた。当主の昌光が、猿まわしと一緒になって、猿のように踊りはじめたのである。

「なんという馬鹿だ」

瓜生は思わずつぶやいた。

当の昌光は、まさか瓜生が監視しているとは思ってもいないだろう。それどころか、重臣や業平のことも眼中にないようだ。

目は虚《うつ》ろに彷徨《さまよ》い、一心不乱となって猿に成りきっている。

――これはおもしろそうだ。

瓜生の探索心が疼《うず》いた。

昌光がこのような醜態をさらしていれば、重臣たちも放ってはおくまい。押しこみに動く者が出てきても、不思議ではないだろう。

押しこみとは、御家存続のための手段である。

幕府から睨まれないよう、重臣たちの合意で不出来な殿さまを無理やり隠居させ、代わりの殿さまを就《つ》ける。

いずれにしても、喜多方藩は御家騒動に発展することになる。国持ち格の格式を持つ外様の雄藩の御家騒動となれば、当然、幕府が介入することになる。

改易《かいえき》にならないまでも、減封という処置は免《まぬか》れまい。

そして、その取りあげた領地は、幕府をおおいに潤《うるお》すだろう。

瓜生の働きも高く評価されるはずだ。

「よし」

俄然、瓜生の心にやる気が湧いた。

そんなことなど露《つゆ》も知らないのは、三次郎と寅吉も同様で、

「殿さま、気が触れたんですかね」

「馬鹿、声が大きい」

人差し指を唇にあて、黙っているように伝える。

「聞こえやしませんよ。殿さまは夢中だ。それにしても、あんな主《あるじ》じゃ、家臣のみなさまのご苦労も大変でしょうね」

「そう言うなよ」

三次郎の言葉とともに、ひときわ大きな音色で笛が奏《かな》でられた。それが合図となったのか、猿まわしの芸は終了した。

同時に、昌光もぴたりと動きを止める。次いで、舞台をおり、大広間に戻ってきた。すると、

「父上」

と、幼い子の声がする。

奥から、七、八つの男の子がやってきて、それを追いかけるように若い女が現れる。重臣たちは威儀を正した。

「お喜美殿、この場に鶴千代はふさわしくないと存じますが」

倫子のかたい口調に、お喜美と呼ばれた若い女が、

「奥方さま、お言葉ではございますが、どうしても中納言さまにご挨拶がなさりたい、と鶴千代君が申されたのです」

しれっと返したお喜美の目はつりあがり、どことなく狐《きつね》を思わせる。

「そうですか、鶴千代がね」

倫子は視線を落とした。

鶴千代が、お喜美に手を引かれ、業平の前に歩み寄る。艶然《えんぜん》とした笑みを業平に送ると、お喜美が鶴千代をうながした。続いて、

「鶴千代にございます。中納言さま、本日はお渡りくださり、まことにありがとうございます」

鶴千代が両手をついた。

お喜美に対しては不快感を抱いた業平も、子どもの笑顔には罪はない。

「飛鳥業平です。鶴千代殿、お目にかかれて嬉しく存じます」

重臣のなかから、

「まさしく、鶴千代君は、名君の素質がおありじゃ。植松家は安泰でござる」

という声があがった。重臣のなかにあっていちばん上座に座っている男だ。

倫子が業平の耳元で、

「江戸家老の飯尾兵右衛門《いいおひょうえもん》殿です」

飯尾の賛辞にうなずく者が多いのは、たったいま、目のあたりにした昌光の狂態が影響しているのだろう。

「鶴千代さま、中納言さまや飯尾殿が、お誉《ほ》めくださいましたぞ。よかったですね」

お喜美が、これみよがしに大きな声で言った。その勝ち誇った態度を見て、倫子は無表情だったものの、堅く握り締めている手が、屈辱に耐え忍んでいることをうかがわせた。

「では、殿さま、奥方さま」

大広間を睥睨《へいげい》すると、お喜美は鶴千代の手を引き、悠然と大広間から出ていった。

そのさまを首を伸ばして見ていた寅吉が、

「いやあ、緊張しましたね」

これには三次郎もうなずき、

「なかなかの迫力であったな」

「側室さまでしょ」

「そうだろうよ。若君は、あの側室さまがお生みになられたようだな」

「違いねえですよ。あの貫禄ったらねえや。奥方さまも真っ青ですぜ。なにせ、お公家の出だから、上品でいらして、さぞかし肩身のせまい思いをなすってらっしゃるんじゃねえですか」

「勝手な想像は慎《つつし》め」

そう諌《いさ》めたものの、三次郎自身、寅吉の考えと同じだった。

寅吉は懲りもせず、

「麿の旦那は、奥方さまに同情なすっているんですよ。いらないお節介を焼いて、厄介事をなさらなければいいんですがね」

「飛鳥殿がなにをすると言うんだ」

「そら、あっしにもわかりませんがね。なんだか、よくねえことが起こるようで……いやあ、くわばら、くわばら」

寅吉が首をすくめる。

「なにが、くわばらだ」

鼻で笑ったものの、三次郎の心の中には、不安が胸に渦巻いていた。

一方、縁の下では瓜生が、

――ますますおもしろくなってきた。

と、ひとりほくそ笑んだ。

喜多方藩では、世継ぎを生んだ側室、お喜美の力が増している。

しかも、江戸家老である飯尾兵右衛門が後押しするつもりのようだ。

昌光があの体《てい》たらくでは、いつ押しこみが起こるかわからない。鶴千代を世継ぎに担いだとしても、おそらく、倫子はそれを阻止したいはずだ。ということは、倫子は業平に頼るに違いない。

喜多方藩は真っぷたつに割れる。

そして、飛鳥業平は、その御家騒動に巻きこまれるかもしれないのだ。

六

明くる朝、早いうちに、瓜生は三河島の守屋貞斎の屋敷にやってきた。

池の畔《ほとり》にいる貞斎は、鯉に餌をやっている。

それが終わるまで待つつもりでいたのを、

「早く、報告せよ」

貞斎に催促された。それが合図であるかのように朝日が顔をのぞかせ、池が煌めき、鯉のあざやかな鱗《うろこ》の色が浮かびあがる。

瓜生は声を励まし、昨晩に見た喜多方藩邸での宴の様子、昌光の猿真似、側室お喜美の権勢、鶴千代を次期藩主に担ごうという勢力の存在を語った。

貞斎は鯉に餌をやり終わっても池を見たまま、

「おもしろいではないか」

と、にんまりとした。朝日を受けたその横顔は、還暦《かんれき》を迎えたとは思えないほど艶《つや》めいていた。

今後の指示を待つべく、瓜生は身体をかためた。

「ならば、その争いが増幅すれば、なおのことおもしろくなるな」

――そうなるよう工作をせよ、と言っているのか。

瓜生がそう思案していると、貞斎は独り言のように、

「それには、飛鳥業平じゃな。あの公家が、どのようなおこないをするか……おそらくは倫子の側にまわり、昌光を守るじゃろうて」

それから、瓜生に視線をそそいだ。

そのぞっとするような冷たい眼差しにさらされると、背筋が凍りつくような気分だ。瓜生は、全身に鳥肌が立ちながらも、額には汗が滲むという奇妙な体験をした。

「おそらくは……」

口を曖昧《あいまい》にもごもごとさせた。貞斎はそれ以上はなにも言わず、

「喜多方藩江戸家老、飯尾兵右衛門に我が書状を届けよ」

「承知いたしました」

瓜生は深々と頭をさげた。

どうやら、喜多方藩の御家騒動に火をつける気になったようだ。飯尾に肩入れしてやると匂わしたいのだろう。

「さて、今日も暑くなりそうじゃのう」

貞斎が眩《まぶ》しげに朝日を見あげた。


三次郎が本所中之郷竹町にある業平の屋敷に着くと、業平は朝から体調不良を訴えていた。

水戸家に、訪問できない旨《むね》を通知する。

「お風邪ですか」

「そのようです」

「では、医師を呼んでまいります」

「寝ていれば、大丈夫です」

業平は首を横に振り、あたかも三次郎を遠ざけるような態度だ。

もしかすると、倫子に会いにいくのではないかと思ったが、

「では、お大事にどうぞ」

と、三次郎は、ここは素直に引きさがった。幸い、お紺も今日は顔を出していない。

ていよく三次郎を追い払った業平は屋敷を出ると、あたりを憚《はばか》るように見まわし、急ぎ足で大川端に向かった。

それを、ひそかに見守っていた三次郎と寅吉が、距離を置いてつけていく。

そして、その後ろには、行商人に扮《ふん》した瓜生剛馬の姿があった……。

業平は先日同様、長命寺境内にある茶店で倫子と会った。この前のような胸のときめきはない。そこには重苦しい思いと沈黙があるばかりだ。

昌光の常軌を逸したありさまを目のあたりにし、さらには側室の権勢、倫子の置かれた立場を知り、さすがの業平も口を開くことに慎重になっている。

それでも、業平は沈黙を破るように、

「昌光さんのご様子は、想像を超えておりました」

「そう、お思いになりますか」

「いつからあんな風になったのですか」

「昨晩、演じた猿まわしが出入りするようになってからです」

業平は思案するように腕を組んだ。

「あの横笛が鳴らされますと、決まって殿さまの目は虚《うつ》ろとなり、太鼓が打たれますと身体が自然と踊りだされ、あのように舞台に立って猿の真似事をなさるのです」

「猿まわしが出入りするきっかけとなったのはなんですか」

「飯尾殿が、鶴千代を喜ばせようと招いたのがきっかけです」

「素性は」

「浅草の猿まわしで、門吉《もんきち》と申すそうです。猿まわしを束ねる種蔵《たねぞう》という男に頼み、遣わされたとか」

眉宇《びう》をひそめた業平に、倫子が尋ねる。

「業平さまはどう思われますか」

「すべては飯尾の企《たくら》みなのかもしれませんね。猿まわしの笛や鼓を合図として、昌光さんに醜態を演じさせる……」

「そのようなことができるのでしょうか」

「西洋では、そのような術があると聞いたことがあります」

「ということは……」

倫子は身を震わせた。

「昌光さんに狂態を演じさせ、押しこみへと藩内の流れを持っていくつもりでしょう」

「まあ、恐ろしい」

「なんとかせねばなりませんね」

目を伏せた倫子に向かって、業平は珍しく感情を表に出した。頬が強張《こわば》り、目尻がつりあがっている。

「……わたくしはどうなってもいいのです」

倫子がぽつりと言った。

「そんな……」

「いえ、わたくしはどうなってもいい。でも、殿さまはおいたわしい。あのようなお姿をみなの前にさらし、気が触れたとしか思われないやなんて。とてもお優しく聡明《そうめい》なお方やのに。それが……」

とうとう、倫子は泣き伏した。

業平はそっと倫子の肩に手を置いた。倫子の身体の震えが、業平の手に伝わってくる。思わず抱きしめたい衝動に駆られるのを、なんとか自制した。

「倫子さんのお気持ちはよくわかります。それに、このままですと、御家騒動になり、さすれば御公儀の耳にも達するかもしれません。そうなれば」

はっと顔をあげた倫子の瞳に、恐怖の色が浮かんだ。

業平は倫子を怯えさせてしまった自分の迂闊《うかつ》さを呪い、

「いや、これは最悪の場合です。そうならないよう、わたしがなんとかします」

「ぜひ、お願い申します。業平さまにしか、おすがりできへんのです」

「どうか、気を落とさないよう」

倫子はうなずくと腰をあげた。

その後ろ姿を見送る一方で、業平は横目に、ふたりの男がこそこそと店を出ていくのを確かめた。


茶店を出た業平は、すばやく茶店の裏手にまわり、

「わとさん、寅」

と、呼んだ。

「どじった」

頭を掻いて寅吉が現れる。

「ど、どうも、申しわけございません」

続いて、三次郎もぺこぺこと頭をさげながら出てきた。これでは、言いわけのしようがない。

「あなた方、まるわかりですよ。あれで隠れていたつもりですか」

「こらあ、目明かし失格ですね」

苦々《にがにが》しい顔つきで、寅吉が舌を打った。

「本当にどじですね。そんなどじなあなた方の腕を、試させてもらいましょう」

「なんでございます」

三次郎は覚悟を決めた。

「猿まわしの門吉という男の素性を探りなさい。喜多方藩家老、飯尾とのつながりもです」

「まかせておくんなさい」

名誉挽回《ばんかい》とばかりに、寅吉が調子のよい声をあげた。

「頼みましたよ」

するると、寅吉は思わせぶりな笑みを浮かべて、

「麿の旦那、喜多方の奥方さまに懸想《けそう》していらっしゃいますね」

このときばかりは、さすがの業平も顔を赤らめた。

「な、なにを言うのです」

「やっぱりだ」

おもしろがる寅吉に、

「馬鹿、いいかげんにしろ」

三次郎は頭を小突き、無理やり頭をさげさせた。

「寅、くだらないことを言っていないで働きなさい」

「合点承知之助！」

寅吉が芝居がかった返事をする。

「だ、誰です、それは？」

たちまち、業平は興味を示した。

「え、いや、誰でもねえですよ。洒落《しゃれ》です。合点承知を、そんな風に人の名に見

立てたんでさあ」

「ほお……江戸はおもろいな」

けろりと業平は機嫌を直したようだ。よほどおもしろいのか、「合点承知助」という言葉を何度も繰り返し、ひとりで喜んでいる。

——つくづく風変わりなお公家さまだ。

三次郎はなかば呆れながら、そんな業平を見ていた。

七

瓜生は、愛宕《あたご》下大名小路にある喜多方藩上屋敷にやってきた。背中に風呂敷包みを背負った行商人風である。

裏門をかためる番士に、

「江戸家老、飯尾さまにお取り次ぎ願いたい」

辞を低くしているが、言葉に力をこめた。番士は訝しみ、

「なんだと」

と、居丈高《いたけだか》に拒絶の表情を返す。

瓜生はうつむき加減に、

「三河島の御前の使いだと伝えよ。でないと、後悔することになるぞ」

貞斎から渡された書状を差しだし、三白眼で番士を睨んだ。

番士は半信半疑のように目を細めたが、

「どうぞ、中に入られよ」

瓜生は裏門から中に入り、中間部屋《ちゅうげん》に通された。

それほど待つこともなく、飯尾はおっとり刀でやってきた。

「三河島の御前から、ありがたき書状を賜《たまわ》った。わしに書をくださるという」

「御前におかれましては、鶴千代君が元服《げんぷく》の暁《あかつき》には、諱《いみな》もお書きになられるそうです」

「それはありがたい」

満面の笑みを浮かべた飯尾は、続けて、

「三河島の御前が、お味方くださるとは……心強い。百人力を得たようなものじゃ」

「御前はこうも申されました。自分は勝つ者に味方する、と」

瓜生の言葉に、飯尾は深くうなずき、

「よくわかり申した」

「では、これで失礼します」

瓜生が踵を返すと、

「御前によろしくお伝えくだされ」

と、あらたまった口調で飯尾が言った。


その晩、業平の自宅に三次郎と寅吉が集まった。

業平の言葉には、いつになく力がこもっている。

「どうでしたか」

――肩に力が入りすぎているのではないか。

三次郎の懸念をよそに、寅吉が話しはじめた。

「猿まわしを束ねる、浅草猿楽町《さるがくちょう》の種蔵に会ってきました」

猿まわしは大名や旗本屋敷に出向き、厩《うまや》の安全祈念のために芸を披露する。

この正月、喜多方藩邸にも行ったらしい。

「その猿まわしが、先日の男なのですね」

これには三次郎が、

「その猿まわしを、鶴千代君がいたく気に入られたのです」

「なるほど」

「その際、興に乗った殿さまが、猿の真似をなすったそうです。それを見て、鶴千代君は大変にお喜びになったそうで」

「ふうん」

思案するように業平が腕組みをする。

「そのとき、お喜美と飯尾もいたのですね」

「そのようです」

三次郎が答えた。

それから、業平はしばらく考えこんでいた。その空気を察したらしく、珍しく寅吉も黙っている。

「笛……」

ぽつりとひとこと、業平は漏らした。

「笛、でございますか」

三次郎が聞き返す。

「そうです。笛です。猿まわしに笛というのは変だと思いませんか」

「そういえば……」

戸惑いを示した三次郎が、

「あまり聞かないですね。笛が加われば、たしかに賑《にぎ》やかでおもしろくはなるでしょうが……」

「そうそう、それですよ」

そこで、突然、寅吉が手を打った。

「どうしたのです」

「いえね、種蔵が言ってたじゃありませんか」

いったん、寅吉は三次郎に確認を求めてから、

「笛についちゃあですね、種蔵もびっくりしたそうで。門吉がお屋敷に出入りするようになってから、お屋敷のほうで笛吹きを用意なさったそうです。それまで、門吉は笛なんざ、使っちゃいなかったって話ですぜ」

「それはおもしろい」

途端に、業平が目を輝かせた。

「麿の旦那……なにを考えていらっしゃるんですかい」

「おそらく、笛吹きは、飯尾とお喜美が用意したのでしょう」

「そのほうが賑やかでいいですからね」

「そんなことではありません！」

不愉快そうに言い放った業平の剣幕に、寅吉が首をすくめる。

「そんな、怒らねえでくださいよ」

業平は表情を強張《こわば》らせたまま、

「昌光さんの見苦しい踊りは、横笛に原因があるのです」

寅吉はぽかんとした。

「昌光さんは横笛によって踊らされているのです。西洋には、催眠術《さいみんじゅつ》というものがあります……夢うつつの人間を操《あやつ》る術ですよ」

「こいつは驚いた」

寅吉が驚きの声をあげ、三次郎も、

「飯尾さまとお喜美の方さまは、横笛により殿さまに狂態を演じさせた、と」

「そういうことでしょう……許せませんね」

業平が強い口調で言った。高ぶる感情を押し殺しているだけに、業平の気持ちの乱れがよくわかる。こんな業平は、見たことがない。

業平にこんな一面があったとは……。

——倫子さまが、それほどまでに愛おしい存在だということか。

そう思うと、業平の純真が微笑ましくもなった。

「このままでは、昌光さんは狂人として隠居させられます」

「そいつは大変だ。するってえと、奥方さまはどうなるんです」

寅吉の問いかけに、業平は黙った。代わりに三次郎が、

「落飾《らくしょく》なさるのが普通だろう」

「落飾って言いますと……髪を剃《そ》って仏門に入るってことですかい」

「そういうことだ」

ちらりとうかがうと、業平の顔が暗く沈んでいるのが見えた。

「こら、えらいこった。まだ、お若いんでしょ。そんな身空《みそら》で仏門ってのもね」

がさつな寅吉は、業平の気持ちを逆撫でするようなことを平気で言う。

「とにかく、なんとかせねばなりません」

眉をひそめた業平が、強く言いきった。

「どうするんです」

「それをいま、考えているのです」

業平は機嫌が悪いことこのうえない。

「なら、あっしも」

なにを思ったか、寅吉も腕を組んでうなったが、

「寅には無理ですよ」

業平にぴしゃりと言われ、今度は寅吉が眉をひそめた。

それがおもしろかったらしく、業平が、ぷっと吹きだす。

「なんか、おもしろいですか」

当の寅吉は、ぽかんとしていた。

「おかしいですよ、寅の顔」

業平はひどくおかしげだ。そして、三次郎のほうに視線を転ずると、

「わとさん、どうしたのです？　浮かない顔をして」

「いいえ、そのようなことは……」

「言いなさい。腹に溜めていることがあるのでしょう」

こうなっては、なにがあっても引かない業平である。

「では、申しあげます……飛鳥殿は、いつもの飛鳥殿ではないと思えたのです」

三次郎は業平の顔を正面から見据えた。

「どういうことですか……」

疑問を口にした業平だったが、心あたりがあるのだろう、その問いかけはいつもと違って遠慮がちである。うやむやにしたり、言葉を飾ってはならない。ここは、正直に思ったままをぶつけよう。

「いつもと違い、大変に熱くなっておられます。その原因は倫子さまですね」

「………」

業平の長い睫毛が微妙に揺れた。

「飛鳥殿と倫子さまの間柄がどのようなものなのか、わたしは存じません。きっと、大事なお方なのでしょう。ですから、倫子さまのために熱くなるのは無理からぬこととは思います。ですが、そのために心を乱してしまわれては、真実が見えなくなるのではないでしょうか。飛鳥殿の知恵の鏡が、曇ってしまわれるのではございませんか」

話すにつれ、三次郎の語調は強くなっていった。

業平に熱くなるなと言いながら、自分が興奮している。

横では、寅吉がはらはらしながら見守っていた。寅吉にも、三次郎の諫言《かんげん》が、いつになく強い調子に聞こえたのだろう。

語り終えたところで、三次郎は気を落ち着けた。冷静になってみると、

——なんて無礼なことを。

後悔の念が湧きあがる。

「申しわけございません。言いすぎました」

三次郎が両手をつくと、

「いいのですよ」

と、業平はやんわりと返した。三次郎が頭をあげたところで、

「わとさんの言うこと、そのとおりだと思います。わたしとしたことが、よくものが見えなくなっていました」

「というと……」

「いま、はっきりとわかったのです。わとさんのおかげですね」

「いったい、なにが……」

「わかったのですよ。物事は表面だけを見ていてはいけないのです」

例によって、業平の言葉は謎めいている。三次郎は戸惑いを抱いたが、不思議と安心もした。

いつもの飛鳥業平が戻ってきたのだ。

今晩の貞斎は、自宅の書斎の文机《ふづくえ》に向かっていた。

瓜生はその書院の庭で、正座をしている。

「飯尾め、乗ってきおったな」

「すべては御前の思うとおりでございます」

「ならば、こちらも動いてやるか」

貞斎がほくそ笑む。

「いかがされますか」

「飯尾とお喜美にとって、最高の舞台を用意してやろう」

「というと」

「訪問する。そう、二日後に中屋敷を訪れると、飯尾に伝えよ」

「はは」

腰をあげた瓜生に、

「待て」

「はっ」

「これを、飯尾に持ってまいれ」

貞斎が筆遣いもあざやかに、すらすらとなにかを書きはじめた。

「これじゃ」

書を持って縁側に出た貞斎に向かって、瓜生が恭《うやうや》しく両手を広げる。

渡されたものには雄渾《ゆうこん》な文字で、

「果断」

と、大書してあった。

書に興味のない瓜生も息を呑むほどの、あざやかな筆遣いである。

「飯尾さまにとりまして、この書はなによりの励みとなりましょう」

珍しく興奮した瓜生が、早口に言った。

八

二日後の夕暮れ、喜多方藩邸では、守屋貞斎を迎えての酒宴が催《もよお》されていた。貞斎の希望で、鶴千代も臨席している。当然のように、お喜美も一緒だ。

上座に貞斎と昌光が並んで座り、昌光の下座に鶴千代、倫子、お喜美が居並んだ。さらに下座には、飯尾以下、重臣たちが侍っている。

「御前、鶴千代の元服の暁には、諱を書いてくださるとのこと。まことにありがたく存じます」

　お喜美に続いて、鶴千代も、

「ありがとうございます」

　と、きびきびとした所作で挨拶をする。

　それに、貞斎はにこやかな顔で応じ、

「昌光殿、鶴千代殿がおられるかぎり、植松家は安泰でございますな」

　その言葉に、昌光は弱々しくうなずいたのに対し、飯尾は大広間を見まわして、

「方々、三河島の御前からお墨付きをいただきましたぞ。鶴千代君は、まさしく名君」

　主の昌光を無視したその言動は、あからさまな鶴千代擁立宣言と言えた。貞斎はそれを引き取り、

「では、名君誕生を祝し、今宵は賑《にぎ》やかにまいろうぞ。そうじゃ、喜多方藩邸には名物の催しがあると聞いた。たしか猿まわしがおもしろいとな」

「そのとおりにございます」

　さっそく、飯尾が猿まわしの支度を命じた。それを合図に庭の篝火が焚かれ、舞台に門吉が猿を連れて登場する。笛、太鼓の囃子方《はやしかた》も、この前と一緒である。

「今日は、いっそうの盛大さでおこなえ」

飯尾は声を弾ませている。

昌光が、貞斎の前で醜態を演じることへの期待に違いない。

みなの視線が舞台に集まるなか、庭の植えこみの陰《かげ》に、数十人の侍が配置されていた。

警護の侍ではない。それが証拠に目を血走らせ、襷掛《たすきが》けにしていつでも刀を抜けるように準備している。

飯尾の命令で待機している者たちである。昌光が猿踊りをはじめたところで、このような暗君には隠居を願う、と押しこめに動くつもりなのだ。

「御前、これから当家名物の猿まわしをご覧に入れます」

「そんなにおもしろいのか」

飯尾の言葉に、貞斎は薄く笑った。

「それはもう大変に」

含み笑いを飯尾が浮かべると、横でお喜美も艶然《えんぜん》とした笑みを広げた。

ただひとり、倫子は蒼《あお》ざめた顔でうつむいている。

飯尾が濡れ縁に立ち、

「はじめよ」

と、告げると、陰で待機させている侍たちを無言で見まわした。

太鼓が叩かれた。それにあわせて、門吉が猿の手を取る。猿は大広間に向かって鳴き声を放った。

小気味のいい太鼓にかぶさるように、横笛が奏でられる。耳をつんざくばかりの鋭い音色だ。猿は上機嫌で踊りはじめた。

飯尾は濡れ縁から、大広間に視線を転じた。まだ、昌光は悠然と杯を傾けている。飯尾は目を疑ったが、気を取り直すように、

「これ、もっと賑やかにせよ」

だが、飯尾の声が掻き消されるくらいに、舞台の音は大きい。

それにもかかわらず、昌光は落ち着き払って上座に座し、貞斎に言葉をかけたりしている。その姿は、大藩の殿さまにふさわしい風格すら漂っていた。

一方の貞斎は、複雑な表情を浮かべていた。

お喜美もしきりに首を傾げている。

飯尾は、貞斎の鋭い視線を受けて、濡れ縁から階《きざはし》をおり、

「これ、笛。もっと高らかに奏でよ」

横笛がいっそう響いたが、昌光に変化はない。

「もっとじゃ」

焦燥《しょうそう》に駆られた飯尾は、扇子を広げ、煽《あお》りたてた。

と、不意に昌光が立ちあがった。

飯尾の頬が綻《ほころ》ぶ。

が、飯尾の期待も虚《むな》しく、昌光は踊ることも猿真似をすることもせずに、

「飯尾、どうした。そんなに取り乱しおって……いっそ、猿と一緒に踊ったらどうじゃ」

落ち着き払った昌光の言葉に、飯尾は息を呑み、

「なにを申されますか」

「おまえ、余が三河島の御前の前で、踊り狂うと思ったのであろう」

「滅相《めっそう》もございません」

必死で返答する飯尾の顔は、汗でびっしょり濡れていた。とうとう、昌光は舞台に向かって、

「止めよ」

その声は、囃子《はやし》方が一瞬にして静まるほどの威厳に満ちていた。

──まさか、昌光は気が触れてなどいなかったのか……。猿の真似をしていたのは、飯尾の策略に乗せられたふりをしていたのか。

「こうなれば……」

すっかり混乱した飯尾は拳《こぶし》を握りしめ、身を震わせていたが、

「ええい、殿はご乱心じゃ。方々、これまでに見ておろう。殿の醜態を。猿真似のさまを。出合え」

と、庭に向かって言い放った。

とたんに、植えこみから大勢の侍たちが現れる。

大広間は騒然となった。貞斎は杯を重ね、高みの見物を決めこんでいる。

「殿、ご乱心じゃ、お取り押さえをせよ」

目を血走らせた飯尾が叫んだところで、

「いけませんよ」

金鞘《きんざや》の太刀を提《さ》げた業平が、襖を開けて現れた。

横には、三次郎と寅吉もいる。

飯尾は、突然の業平の登場に驚きの表情を浮かべたが、

「邪魔だてする者に容赦はいらん」

と、侍たちをけしかけた。

「こちらにおられるは……」

あわてて三次郎が業平の身分を告げようとしたが、

「かまいません。ここはひと暴れしましょう、いいな、寅」

「はい」

業平に呼びかけられ、寅吉は勇んで腕まくりした。毛むくじゃらの太い腕がさらされる。

「寅、こういうときには合点承知之助、と言いなさい」

業平は上機嫌に言うと、すらりと太刀を抜き放った。

刀身が篝火を受け、妖しい光を放つ。と、次の瞬間には、侍たちのど真ん中に斬りこんでいった。

その姿は、斬りあいという殺伐《さつばつ》としたものとはほど遠い、優美にして雄渾なものだった。

いまだ剣を交えていない侍たちも、業平におかしがたい威厳を感じたのか、次々と刀を鞘におさめていく。

その左右では、三次郎と寅吉が、必死で十手《じって》を使っていた。

ひと暴れし終えたところで、

「静まれ」

突如《とつじょ》、貞斎が濡れ縁に立った。

抵抗を続けていた侍たちも、これで刀を鞘に戻した。

「飯尾、これはいかなることじゃ」

貞斎の声音《こわね》は、ぞっとするほど冷ややかだ。飯尾は観念したように、庭で平伏をしている。

「この者を引き立てよ」

昌光が厳《おご》かに言うと、大広間から重臣たちが小走りにやってきた。

と、そのとき、飯尾が脇差に右手をかけた。

業平はそれを阻止せんと前に出ようとしたが、

「ひえ！」

頭上の松の枝から毛虫が落ちてきたため、身体がかたまってしまった。

飯尾以外の視線が、業平に向けられる。その間隙《かんげき》をついた飯尾が、立ちあがりざま脇差を抜き、昌光に突きだした。

「殿！」

倫子の悲鳴があがった。

同時に、鋭い金属音が夜空に響いた。

……三次郎の十手が、飯尾の脇差を受け止めていた。

「観念せよ！」

ふたたび、昌光が高らかに言い放った。

今度はなんの抵抗もせず、飯尾は縄を打たれ、引きたてられていった。

貞斎が、ゆっくりと業平のそばに近づいてくる。

濡れ縁に座っていた業平に向かって、丁寧に挨拶をした。

「貞斎殿、このこと、御公儀に訴えられますか」

業平の物言いは静かだが、言葉尻にはなんとも言えない力があった。

貞斎は首を横に振った。それから昌光に向かって、

「大変におもしろい芝居を見物させていただいた。かたじけない」

そう言葉を残し、悠然と立ち去った。

一方、大広間では、

「お喜美殿、さがりなさい」

倫子に言われ、お喜美は目を白黒とさせたが、

「鶴千代君、まいりましょう」

と、鶴千代の手を引いた。

不意に、倫子は険《けわ》しい表情を浮かべ、強い口調で言った。

「鶴千代には言うてまへん。お喜美、あんたに言うてるのや。無礼者！」

お喜美は、倫子の剣幕に口を半開きにしたままかたまっている。

「さがるのです。追って、そなたと飯尾の企《たくら》みがあきらかとなるよってにな」

救いを求めるように昌光を見たお喜美だったが、当の昌光に無視され、意気消沈したように大広間を出ていった。


この一連の流れを、瓜生剛馬は縁の下で見ていた。

瓜生の役目は飯尾に貞斎の訪問を告げ、書を渡したことで終わっていた。貞斎からは金五十両を与えられ、働きを評価された。したがって、今日も潜入する必要などないのだが、どうにも気にかかった。

喜多方藩の御家騒動の落ち着き先もさることながら、奇妙な公家飛鳥業平のことがどうにも心から離れない。

この日、業平は招待されていないが、瓜生の隠密としての直感が業平登場を告げていた。

そう思うと、居ても立ってもいられなくなり、縁の下にもぐりこんだのだ。

予感は的中した。

やはり、業平はやってきた。そして、飯尾の企みを見事に粉砕し、御家騒動を平穏のうちに治めようとしている。

「飛鳥業平、奇妙な男、恐ろしき男、そしておもしろい男だ」

瓜生の三白眼が輝き、笑みがこぼれた。業平とのかかわりはこれで済むとは思えない。守屋貞斎とて、業平にやられっ放しでは引っこまないだろう。自分は貞斎に役立つ男と認められた。

ということは、これからも飛鳥業平の身辺を探ることになろう。

瓜生はこみあげる興奮に身を震わせた……。


大広間では、昌光に誘われ、業平が上座に座った。隣では、倫子がにっこり微笑んでいる。

「中納言さま、まことにありがとうございます」

昌光は、あらたまった様子で両手をついた。

「なんの、わたしも欺《あざむ》かれるところでした。昌光さんの猿真似に仰天しましたので。ところが、落ち着いて考えてみると、なんか変だと思ったのです。横笛の音色をもとに、猿真似をして激しく踊る……なるほど、西洋にはそうした術があるようです。それにしても、昌光さんの踊りぶりはおおげさだと思いました……それに、昌光さんの目です」

そこで業平は言葉を切り、昌光の目をのぞきこんだ。昌光は不思議そうに首をひねった。

「瞳は澄み、しっかりとした眼光を放っておりました。つまり、確固たる自分の意志を持った人間の目です。見てくれのありさまに惑わされてはいけない。となると、昌光さんは、なんのためにそんなみっともない様を演じているのか……答えはあきらかです。押しこみの企《くわだ》てをする飯尾の罪状を、暴くつもりなのでしょう。そんな矢先でした……倫子さんから、守屋貞斎殿が藩邸を訪れると報せが入ったのです」

そのときに飯尾が動く、と業平は読んだ。

そこで、藩邸に乗りこみ、昌光に加勢しようとやってきたのである。

あらかじめ、そのことを文にしたため、倫子に送った。昌光に加勢するから、思う存分に飯尾を糾弾せよ、と……。

「殿、わたしは、業平さまに教えていただくまで殿のことを……。殿が気が触れたのではないかなどと思っておりました。本当に申しわけございません」

「謝ることはない。そなたを欺いたのは余じゃ。敵を欺くにはまず味方から、と申すが、つらい思いをさせてしまったようじゃな。許してくれ。これからは、いっさいの隠し事はせん。中納言さまの前で誓うぞ」

倫子はすすり泣いていた。昌光が、倫子をいたわるように肩に手を置く。

もはや、業平も悋気《りんき》を起こしてはいなかった。

ふたりに微笑みを投げ、そっと席を外すと、濡れ縁に三次郎と寅吉が待っていた。

「今回は、わとさんのおかげです」

「毛虫ですか、あれはしかたないですよ。飛鳥殿は苦手なんですから」

「毛虫もそうですが、わとさんに注意をされなかったら、わたしの頭は茹《ゆ》だったままでした。きっと、物事の本質を見誤っていたでしょう」

「わたしでもお役に立てましたか」

「役立ったどころではありません。わたしには、わとさんが必要なようです」

こう正面から誉められると、三次郎は尻がこそばゆくなってしまう。すると、寅吉が拗ねたように、

「あっしは不要なんですかね」

「おや、寅、悋気ですか」

「そんなんじゃござんせんよ」

「寅も必要であるのは、ええっと、はたぼうです」

「なんです？　はたぼう……ですかい？」

「違う。あたぼうです」

業平が澄まし顔で言うと、寅吉が爆笑し、三次郎もつられて笑い声を放った。

そんな三人に、大広間から昌光が、

「中納言さま、酒宴のやり直しでございます」

「ならば、この者たちも陪席《ばいせき》させてやってください」

こうして、三次郎と寅吉も宴の末席に連なった。

宴では、倫子が横笛を奏でた。その調べは、うっとりするくらいに美しい。

雲が切れ、下弦《かげん》の月が輝いている。

業平は倫子の笛に耳を傾けながら、気持ちよさそうに杯も傾けた。

コスミック・時代文庫

公家《くげ》さま同心《どうしん》 飛鳥業平《あすかなりひら》
決定版 2 踊る殿さま

2023年9月25日 初版発行

【著 者】
早見《はやみ》 俊《しゅん》

【発行者】
佐藤広野

【発 行】
株式会社コスミック出版
〒154-0002 東京都世田谷区下馬 6-15-4
代表 TEL.03(5432)7081
営業 TEL.03(5432)7084
FAX.03(5432)7088
編集 TEL.03(5432)7086
FAX.03(5432)7090
【ホームページ】
https://www.cosmicpub.com/
【振替口座】
00110-8-611382
【印刷/製本】
中央精版印刷株式会社

ISBN978-4-7747-6495-5 C0193